SCÈNES ÉPIQUES DE MA VIE DE GÉNIE INCOMPRIS

SCÈNES ÉPIQUES DE MA VIE DE GÉNIE INCOMPRIS

Stacey Matson

Texte français de Gilles Abier

Éditions
■ SCHOLASTIC

Catalogage avant publication de Bibliothèque et Archives Canada

Matson, Stacey
[Scenes from the epic life of a total genius. Français]
Scènes épiques de ma vie de génie incompris / Stacey Matson;
texte français de Gilles Abier.

Traduction De : Scenes from the epic life of a total genius.
ISBN 978-1-4431-6576-1 (couverture souple)

I. Abier, Gilles, 1970-, traducteur II. Titre. III. Titre: Scenes
from the epic life of a total genius. Français

PS8626.A839S3414 2018   jC813'.6   C2017-907230-7

Édition publiée par les Éditions Scholastic, 604, rue King Ouest,
Toronto (Ontario) M5V 1E1

5 4 3 2 1   Imprimé au Canada 139   18 19 20 21 22

*Pour Andrew, mon formidable petit frère
sous-estimé et largement taquiné.*

SEPTEMBRE

3 septembre

Cher JL,

Alors, je t'ai manqué? Moi, j'ai regretté de ne pas t'avoir avec moi. Le camp de vacances, c'était trop bien! Et maintenant, je suis en mesure de réaliser un documentaire à succès qui dévoilera tout de la vie d'un garçon génial! Ha ha ha! Oh, je parie, JL, que tu avais hâte de retrouver mon sens de l'humour!

J'ai tellement de choses à te raconter, et ça n'a rien à voir avec les trucs ennuyeux de l'an passé. J'imagine que je pourrais t'appeler différemment désormais. En même temps, j'aime bien JL. Au lieu de signifier Journal de Lecture, peut-être que JL pourrait correspondre à « Jasons librement ». Autrement dit, j'ai plein de potins à te raconter.

J'ai passé un été extraordinaire! Surtout que je pensais vraiment que ce camp artistique serait nullissime, alors que c'était plutôt bien. J'aurais aimé avoir du temps pour t'en parler maintenant, mais je dois aller retrouver ma copine.

Parfaitement. J'ai dit MA COPINE. Tu vois que j'ai un tas de trucs à te raconter, mais tu devras attendre pour ça!

Sincères salutations.
Arthur Bean

CHERS ÉLÈVES DE HUITIÈME ANNÉE :

Bon retour parmi nous! J'espère que vous vous êtes bien reposés cet été et que vous êtes prêts pour une nouvelle année passionnante en anglais. Je me réjouis de revoir autant de visages connus de l'an passé. Je suis impatiente de vous aider à développer votre maîtrise de l'écriture et votre esprit critique. Bien sûr, nous avons un programme à suivre, mais nous aurons aussi le temps, durant ces trois trimestres, de nous attarder sur des choses qui vous intéressent personnellement. Merci de rédiger un paragraphe succinct sur ce que vous aimeriez tirer cette année du cours d'anglais. Qu'est-ce qui vous plaît dans ce cours? Qu'est-ce qui ne vous plaît pas? De quoi aimez-vous le plus parler? Quels sont vos sujets d'écriture favoris? Comment voudriez-vous apprendre? Préférez-vous travailler seul, à deux, ou plutôt en groupe? Que faut-il améliorer pour que cette salle de classe devienne votre espace de travail idéal?

À rendre le 6 septembre

▶▶ ▶▶ ▶▶

Chère Mme Whitehead,

Vous serez contente d'apprendre que je suis un autre homme cette année. Parfaitement. Ma vie a pris un nouveau virage à cent quatre-vingts degrés. Fini le syndrome de la page blanche. Je déborde littéralement d'idées et de choses à raconter. Je ne suis pas certain qu'il y ait assez de papier dans le monde pour tous les prix que je vais recevoir grâce aux histoires que je vais écrire. Je ne sais pas dans combien de genres littéraires différents il faut être bon pour recevoir le prix Nobel, mais une chose est sûre, je suis en passe de maîtriser le verbe.

2

J'aimerais pratiquer une activité en lien avec le cinéma. Nous devrions visionner un grand nombre de films américains de façon à pouvoir ensuite élaborer de bons scénarios. J'ai beaucoup appris concernant la réalisation, cet été, et j'envisage d'écrire des scénarios de films à gros budgets, ce qui implique le visionnement du travail de grands metteurs en scène. Ma copine dit que la plupart des films sont le fruit d'une collaboration, alors si on travaille avec un partenaire, je voudrais que ce soit Robbie. Nous avons rédigé un très bon scénario ensemble, cet été, et nous allons réaliser un film, cette année.

Si nous ne pouvons pas collaborer, je préférerais travailler seul.

Je pense également que j'intégrerais davantage de connaissances si nous n'avions pas classe le vendredi. Comme ça, je pourrais me concentrer sur les enseignements des jours précédents et disposer de temps pour m'imprégner de vos leçons. Ma copine va dans un établissement alternatif où les emplois du temps sont très flexibles. Il est peut-être temps que notre école s'y mette.

Je suis aussi d'avis que mon bureau devrait se trouver à côté de la fenêtre. Je travaille mieux quand je peux songer à la nature.

Sincères salutations.
Arthur Bean

Cher Arthur,

Merci pour tes commentaires très précis. Je ferai de mon mieux pour satisfaire les souhaits de chacun; cependant, tout le monde ne peut pas s'asseoir à côté de la fenêtre. En ce qui concerne l'écriture de scénarios, je suis ravie d'apprendre que tu t'intéresses à une nouvelle façon de raconter des histoires! Tu devrais songer à faire partie du club AV (le club d'audiovisuel), car nous n'aurons que peu de temps de classe à consacrer à l'écriture cinématographique ou à la réalisation de films. Je me réjouis de savoir que Robbie et toi êtes devenus amis, et je suis impatiente de découvrir tous les projets créatifs que tu vas mener cette année.

Mme Whitehead

▶▶ ▶▶ ▶▶

8 septembre

Cher JL,

Qu'est-ce que ça prend comme temps d'avoir une copine! Nous passons des heures à nous envoyer des messages, même si ça devient très ennuyeux au bout d'un moment. En plus, je n'ai pas grand-chose à dire.

Ça me rappelle que j'ai un nouveau téléphone! Papa me l'a donné quand je suis rentré du camp de vacances. C'est gentil de sa part, sauf que c'est un téléphone pourri, sans même un écran tactile! Je peux envoyer des messages, mais rien de plus. Moi, je veux un téléphone qui filme. Ce serait génial qu'il fasse des vidéos en 3D! Je pourrais tourner des mini-documentaires et faire en sorte qu'ils

4

deviennent viraux. Je commencerais par des films sur Pickles, mon chat. D'après ma copine, tout le monde adore les vidéos de chats.

Tu te demandes sûrement qui est cette copine. Elle s'appelle Anila, et je l'ai rencontrée au camp, cet été. Elle logeait dans le bâtiment Genévrier et elle est en huitième année, comme moi. Elle vit aussi à Calgary, mais elle va dans cette école alternative où ils n'ont pas vraiment de cours et où ils passent leurs journées à faire de l'art et des soufflés, ou des trucs dans le genre. Elle est très sympathique. Bon, bien sûr, ce n'était pas la fille la plus cool du camp – il y avait d'autres filles vraiment géniales – mais elle est super intelligente. Et aussi très proenvironnement. Elle a même mis en place un compost pour toute l'école. De retour à la maison, j'ai essayé de faire pareil. Après une semaine, le placard sous l'évier était envahi de vers et de mouches. En plus, ça puait! Du coup, mon père a jeté le seau dans lequel je collectais les restes de nourriture et il a prévu de faire appel à quelqu'un pour tout nettoyer avec une eau de javel ultra-puissante. Je lui ai dit que ce ne serait pas très bon pour l'environnement, mais il m'a répondu que pour le moment, l'environnement, il s'en fiche un peu. Ce n'est pas très écolo de sa part. En tout cas, moi, maintenant, je dilue à l'eau tous les savons liquides pour qu'ils durent plus longtemps.

Je ne l'ai pas mentionné à Anila parce que je veux qu'elle me croie aussi proenvironnement qu'elle, et si je m'en vante, elle va s'apercevoir que ce n'était pas le cas avant le début du camp. Je le glisserai l'air de rien dans la conversation, la première fois qu'elle viendra à la maison. Du genre : « Au fait, il se peut que tu trouves le savon très liquide. C'est parce que je le dilue avec de l'eau pour qu'il dure plus longtemps. C'est meilleur pour l'environnement. »

Comme je l'ai invitée à souper le week-end prochain, papa et moi allons devoir cuisiner pour de vrai et non pas décongeler des surgelés. J'ai demandé de l'aide à Nicole. Elle m'a dit que son petit copain est chef dans un restaurant, alors il connaît d'excellentes recettes. Je suis content qu'elle soit ma voisine. C'est mon amie adulte, même si la plupart du temps, elle ne se comporte pas de façon très mature.

Sincères salutations.
Arthur Bean

tu te rapelles, le truc kon parlait? faut qu'on en discute

Quelqu'un s'en est aperçu? Tu en as parlé autour de toi? ROBBIE! Je savais que c'était une mauvaise idée! Je te l'avais dit, hein!

relax artie. c pas si grave que ça. j'ai juste besoin que tu la gardes.

Pourquoi? Pas question de l'avoir près de moi!

Mon frère et moi on partage un placar. j'ai aucun endroit ou la mettre! tu DOIS la prendre.

Pourquoi est-ce que je le regrette déjà?

> rapelle-toi juste d'en parler à personne et ça ira.

> Comme si je risquais de l'oublier!

De : Kennedy Laurel <tropmimikl@hotmail.com>
À : Arthur Bean <arthuraaronbean@gmail.com>
Envoyé le : 8 septembre, 20:16

Salut Arthur!

Tu m'as manqué! Comment je m'en sortais AVANT de te connaître MDR!!! Au cas où tu te poserais la question, la Malaisie, c'était chouette, mais TELLEMENT chaud MDR! C'était un peu ennuyant par moments, mais je pense que tu n'as pas vraiment le droit de te plaindre quand tu as la chance de voyager dans des endroits exotiques MDR! En tout cas, j'espère que tu as passé un bon été! T'es content d'être de retour à l'école? Moi je n'avais pas envie de reprendre, mais j'adore trop renouveler ma garde-robe et acheter des stylos, du papier, des fournitures, quoi! Je sais! Ça fait un peu NOUILLE MDR!!!
C'est dommage qu'on ne soit pas dans le même cours d'anglais! J'ai Mme Ireland et il paraît qu'elle est SUPER sévère! On se verra toujours aux réunions du journal, j'imagine? Est-ce que tu as M. Everett comme prof de sciences, cette année?!?! Il est TROP vieillot, mais je l'aime bien quand même. C'est le Perry White des journaux scolaires (SACHE qu'il a vraiment fallu que je cherche dans Google « le rédacteur en chef dans Superman » pour écrire cette blague! Je deviens une vraie *geek* MDR!) En fait, je veux juste m'assurer que tu es toujours VIVANT! On se voit demain au journal!

Kennedy ☺

Chère Kennedy,

Tu m'as manqué, toi aussi! Tu devrais écrire un guide ou des récits de voyage sur la Malaisie. Je parie que ça augmenterait leur tourisme de 100 %!
En fait, mon été s'est plutôt bien déroulé, beaucoup mieux que celui de l'an passé. Robbie et moi étions les gars les plus populaires du camp de vacances (rien d'étonnant à cela, ha ha ha!) et c'était vraiment très sympa. Nous avons appris tout un tas de trucs sur la réalisation de films, et du coup nous allons mettre en scène notre propre super-production. On fera en sorte que tous les élèves de l'école en fassent partie, au moins en tant que figurants. Évidemment, il faudra forcément que tu en sois l'une des stars! Nous possédons déjà une excellente caméra. Elle vaut très cher et le résultat est très professionnel. Mme Whitehead a suggéré qu'on entre dans le club AV. J'imagine que nous allons devoir nous inscrire si nous voulons utiliser leur logiciel de montage. En même temps, c'est nul qu'on doive y adhérer, car les gamins du club AV sont pénibles. Ils sont persuadés de tout savoir! En plus, Mme Ireland en est la responsable. Si elle est sévère en classe, je parie qu'elle l'est aussi au club. Mais bon, on le fera pour notre art.

Sincères salutations.
Arthur Bean

P.-S. : Je suis super motivé pour participer au journal cette année. Surtout que M. Everett a dit l'an passé que je pourrais avoir mes propres billets d'humeur!
P.P.-S. : Bon boulot pour la référence à Superman. Même si tu as dû faire une recherche dans Google.

De : Kennedy Laurel <tropmimikl@hotmail.com>
À : Arthur Bean <arthuraaronbean@gmail.com>
Envoyé le : 8 septembre, 22:50

Salut Arthur!

Alors comme ça, tu vas devenir un célèbre réalisateur
de films! C'est DÉMENT! J'ai hâte que tu me racontes
tout ce qui t'est arrivé cet été! Je ne suis jamais allée en
camp de vacances, mais dans chaque livre et film qui
en parle, on a l'impression qu'il s'y passe TOUT UN TAS
d'aventures et d'histoires sentimentales MDR! Et BIEN
SÛR que je jouerai dans votre film! Je suis née pour être
une star, *baby!!* MDR! MDR!!!

Kennedy ☺

▶▶ ▶▶ ▶▶

9 septembre

Cher JL,

Bon, le souper avec Anila et mon père a plutôt
été un fiasco. Mon père a fait un mime parfait et
n'a pratiquement articulé aucun son. Anila lui a
parlé de yoga, mais il n'avait rien à dire. Et le menu
que j'avais choisi n'était pas des plus judicieux.
Heureusement qu'il y avait de la salade, car j'avais
oublié qu'Anila est à moitié végétalienne, alors
elle n'a pratiquement rien mangé des pâtes au
poulet. Elle nous a décrit la façon horrible dont ces
animaux étaient élevés. Je n'étais pas au courant.
Si seulement ils n'étaient pas aussi délicieux. Bon,
faudra que j'essaie d'être un peu plus végétalien.
Même si je ne sais pas trop ce qu'est un végétalien.
C'est sûrement un végétarien prétentieux.

Comme je ne l'ai pas vue beaucoup depuis

notre retour du camp, j'avais un peu oublié comment était Anila. D'abord, elle ne trouve pas mes blagues hilarantes (alors que, pour ton information, JL, elles le sont). Mes blagues la font réagir quand même, mais la plupart du temps elle prend une longue pause avant d'éclater de rire. Je lui en ai parlé une fois, et elle a insisté sur le fait qu'elle me trouvait drôle, mais que parfois, elle ne comprend pas mes plaisanteries tout de suite parce que le français n'est pas sa langue maternelle – ce qui est bizarre parce qu'elle le parle parfaitement. Et beaucoup. Pratiquement autant que Kennedy, mais elle n'aborde pas les mêmes choses. Elle parle plutôt des sujets d'actualité. Ce qui m'a fait penser que je devrais lire plus souvent le journal.

Mais tu sais ce qui était le plus bizarre? Je suis super content de voir Anila et de passer du temps avec elle, et j'aime recevoir ses messages, mais je ne pense pas vraiment à elle quand elle n'est pas présente. Comme si j'oubliais alors que j'avais une copine. C'est mal?

Sincères salutations.
Arthur Bean

▸▸ ▸▸ ▸▸

LE FILM « ÉCOLE DE ZOMBIES »

D'Arthur Bean et Robbie Zack

Je soussigné, Arthur Bean, déclare la mise en place d'un partenariat à égalité entre Robbie Zack et Arthur Bean pour la création du prochain film à succès, dans lequel des enseignants zombies s'emparent d'une école. Puis les élèves les plus géniaux doivent exterminer ces zombies et rétablir l'ordre dans cet univers en crise. Nous affirmons que nous allons nous retrouver tous les quinze jours pour écrire et réaliser notre film, pour lequel nous fournirons la même quantité de travail et pour lequel nous serons tous les deux crédités pour tout, peu importe duquel d'entre nous provient l'idée. Je décrète que je promets de mettre par écrit toutes les choses importantes parce que Robbie déteste le faire, tandis que lui esquissera les séquences, ce qu'on appelle, dans le milieu, réaliser le scénario en images.

C'est sous couvert de ce contrat officiel que nous produirons, à contribution égale, le meilleur film jamais réalisé par des élèves de huitième année au Canada.

Arthur Bean   **Robbie Zack**

▶▶ ▶▶ ▶▶

Salut, Artie!

Bon retour au journal Marathon! Avec tous les membres du club de l'an passé qui sont de retour, le journal de l'école va vraiment faire sensation, cette année!
L'orchestre des huitième et neuvième années doit se rendre à Ottawa, chez les Onta-rien dans la tête (Je plaisante! je viens de là!), cette année pour le festival MusicFest! Pour les aider à financer ce voyage, ils organisent une vente aux enchères silencieuse d'objets et de services. M. Eagleson craint qu'il n'y ait pas assez de personnes qui y participent et a demandé si le journal pouvait les aider en leur offrant un peu de publicité gratuite. Pourrais-tu les rencontrer afin de savoir quels sont les prix qu'ils mettront aux enchères et ce qu'est le MusicFest, et écrire un article qui donne envie aux élèves de participer à la vente? Ce serait aussi percutant qu'une cymbale de ta part!

M. E.

De : Kennedy Laurel <tropmimikl@hotmail.com>
À : Arthur Bean <arthuraaronbean@gmail.com>
Envoyé le : 12 septembre, 20:49

Salut Arthur!

Plusieurs d'entre nous se rencontrent au centre commercial samedi. J'y serai avec Jill et Catie, et je crois qu'il y aura Robbie et peut-être même Ben?! Tu veux venir? Il est censé pleuvoir DES CORDES! Mais peut-être que flâner au centre commercial, ce n'est pas ton truc, en fait MDR! On va probablement juste se contenter de manger des frites et d'errer dans les magasins!!

Kennedy ☺

De : Anila Bhati <anila.i.bhati@gmail.com>
À : Arthur Bean <arthuraaronbean@gmail.com>
Envoyé le : 13 septembre, 13:06

Cher Arthur,

Je sais que tu es à l'école en ce moment, mais je
pensais à toi et j'ai eu envie de t'envoyer un courriel!
Moi, je suis en cours d'informatique et je comptais
en profiter pour commencer une campagne d'envoi
de lettres à mon député, mais je n'arrivais pas à me
concentrer. Alors, au lieu de travailler, je t'écris.
Je me disais que c'est incroyable qu'on se soit
rencontrés. Tu sais, les chances sont minces de tomber
un jour sur quelqu'un avec qui on a autant d'affinités,
et qu'on se retrouve dans le même camp de vacances,
et qu'on habite la même ville. C'est incroyable… Tu te
souviens de ce vieux chêne, là-bas? Celui sur lequel
tout le monde gravait ses initiales. Tu peux les voir
disparaître à mesure que le tronc grossit… Certaines
initiales ne sont probablement plus lisibles. Faisons-
nous la promesse de ne pas être comme ces initiales et
de se souvenir de nous, ensemble, à jamais.
Je consultais plus tôt des articles sur le Grand Nord
canadien. Tu étais au courant pour les ours polaires?
Eux aussi disparaissent. C'est horrible, non? J'adorerais
savoir ce que tu en penses… Ça me manque de ne pas
pouvoir parler de ce genre de choses avec toi!
J'ai hâte de te retrouver samedi. J'espère qu'on se voit
toujours! Tu me manques!

Avec amour,
Anila

De : Arthur Bean <arthuraaronbean@gmail.com>
À : Anila Bhati <anila.i.bhati@gmail.com>
Envoyé le : 13 septembre, 19:33

Chère Anila,

Je ne suis pas vraiment certain que l'arbre aux initiales
était un chêne. Je pense qu'il s'agissait d'une autre
espèce d'arbre, un épicéa, peut-être? Les chênes ont
des feuilles, et je suis quasiment sûr que l'arbre dont tu
parles avait des aiguilles. En plus, je crois qu'on peut lire
toutes les initiales dessus. En tout cas, ton courriel est
super gentil. Moi aussi, j'ai hâte de te voir. Je pensais
aller au centre commercial samedi, mais comme je sais
que tu détestes ce genre d'endroit, je peux m'y rendre
avant qu'on se retrouve. Il est censé pleuvoir ce jour-là.
Au fait, j'ai lu des trucs à l'école sur les marées noires.
C'est très mauvais pour l'environnement, ça aussi! On
pourra parler de ça, si tu veux.

Sincères salutations.
Arthur Bean

De : Anila Bhati <anila.i.bhati@gmail.com>
À : Arthur Bean <arthuraaronbean@gmail.com>
Envoyé le : 13 septembre, 21:09

Cher Arthur,

Je préfère penser à cet arbre comme à un chêne. Le
symbolisme est plus fort. Je dirai que c'est une licence
poétique. ☺
Tu as raison. Je déteste les centres commerciaux et
tous ces magasins. Il y a tellement de choses à acheter
dont on n'a absolument pas besoin! Je pourrais t'y
retrouver, tout de même, si tu dois t'y rendre. Ensuite

nous pourrions aller au parc. Ou alors, à vrai dire, il y a ce truc… Quelques personnes de l'école vont aider à nettoyer le parc à côté. Nous pourrions y participer! J'ai aussi lu ce livre de M. T. Anderson, cette semaine. C'est très sombre. Le futur est tellement submergé par la publicité et les technologies qu'il y a littéralement des interfaces reliées à Internet implantées directement dans le cerveau des personnages. Peut-être que je l'apporterai pour te le prêter. Je pense que tu apprécieras le message social.

Avec amour,
Anila

De : Arthur Bean <arthuraaronbean@gmail.com>
À : Anila Bhati <anila.i.bhati@gmail.com>
Envoyé le : 14 septembre, 08:12

Chère Anila,

Ce n'est pas la peine de nous retrouver au centre commercial. Je peux acheter ce dont j'ai besoin là-bas plus tard. Je ne veux pas t'obliger à t'y rendre et t'y ennuyer.
Je crois que je l'ai lu ce livre. S'agit-il d'*Interface*? Je l'ai aimé. C'était très drôle, la façon dont le langage était complètement sens dessus dessous.
À samedi.

Sincères salutations.
Arthur Bean

domage que tu sois pas venu au centre comercial. c'était super.

Je voulais vraiment venir! Qu'est-ce que vous avez fait?

Hé, c'est juste pour savoir, mais Kennedy a un petit copain en ce moment? Elle ne me dit jamais rien. C'est juste pour savoir, hein… Comme ça.

le copin de kennedy était là 1 moment, un vrai minable en +. comment allait ta grand-mère?

Hé, tu veux qu'on se voie pour préparer le film demain? Mon père peut me déposer et revenir me chercher.

DEVOIR : DESCRIPTION ET REPRÉSENTATION

Je vous ai demandé d'apporter trois objets qui ont tous une signification personnelle. Choisissez l'un d'entre eux et écrivez un texte court à propos de son importance. Assurez-vous de bien en faire la description : À quoi ressemble-t-il? Que ressentez-vous quand vous le touchez? A-t-il un goût, une odeur particulière? En quoi est-il important?

À rendre le 24 septembre

17 septembre

Cher JL,

Tu sais quoi? Kennedy est venue s'asseoir un moment avec moi et Robbie à la cafétéria. Pas pour la totalité du dîner, bien sûr. Elle a débarqué à notre table pour nous parler du club AV. Elle nous a dit que M. Everett pensait qu'elle devrait écrire un article sur les clubs auxquels les élèves pouvaient adhérer et il veut qu'elle inclue le club AV dans sa liste. Le truc, c'est que Robbie et moi, on n'est pas sûr d'avoir envie qu'une bande d'intellos participe à notre projet. Qu'est-ce qu'on fait si leurs idées sont vraiment nulles? Du coup, je lui ai précisé que c'était un club privé auquel on ne pouvait adhérer que sur invitation.

Sincères salutations.
Arthur Bean

▶▶ ▶▶ ▶▶

LE JOUR OÙ L'ORCHESTRE S'EST TU

D'Arthur Bean

C'est la fin pour l'orchestre de l'école Terry Fox.

Enfin, cela pourrait bien être la fin s'il ne bénéficie pas d'un soutien humain et financier pour son prochain déplacement. L'orchestre des huitième et neuvième années a extrêmement besoin d'argent pour pouvoir se rendre en Ontario et participer au festival *MusicFest*, une compétition nationale d'orchestres d'élèves qui se tient tous les ans à Ottawa. L'école Terry Fox a été invitée à concourir, mais ses musiciens ne pourront s'y rendre sans l'aide du reste de l'établissement.

Les plus anciens élèves se rappelleront sûrement la tentative de collecte de l'an passé, un moment qui sera pour toujours surnommé « le fiasco du papier cadeau de Noël culturellement irrespectueux ». Cette année, M. Eagleson espère qu'une vente aux enchères silencieuse rapportera l'argent nécessaire à l'orchestre.

Une vente aux enchères *silencieuse*, dites-vous? Généralement, les ventes classiques sont menées par un commissaire-priseur au débit rapide. Mais une vente aux enchères silencieuse exige des acheteurs d'inscrire le montant de leur offre sur un bout de papier. Chaque enchère doit être supérieure à celle notée précédemment. Une fois la période de vente terminée, c'est le dernier prix écrit sur chaque bout de papier qui l'emporte. Les enchères silencieuses auront lieu du 10 au 19 octobre, jour où les gagnants seront annoncés. La vente sera également ouverte durant les soirées du 17 et 18 octobre, lors des réunions parents-professeurs.

D'après M. Eagleson, il y a des choses formidables à acquérir. Vous pouvez en trouver la liste en page trois.

N'oubliez pas : Si vous n'achetez rien, une partie des arts mourra.

Coucou Artie!

Peut-être un petit peu excessif, non? Comprends-moi bien, mon gars, j'apprécie l'importance que tu donnes à l'art, mais je ne suis pas convaincu que c'est le bon ton à utiliser dans un article où on veut inciter les gens à acheter des choses! J'aime beaucoup le paragraphe qui explique comment se déroule une vente aux enchères silencieuse et ton clin d'œil malicieux à la collecte de « papier cadeau de Noël » de l'an passé m'a fait sourire. Mais travaillons sur cet article à l'heure du dîner pour voir si on peut accorder nos violons! ☺

Ciao!
M. E.

Cher M. Everett,

Vous vous rappelez, l'année dernière, quand nous avons discuté du fait que ma forte personnalité perçait à travers mes écrits et que je serais parfait pour tenir un billet d'humeur? Je me disais que ce serait idéal de commencer dès maintenant à en faire un rendez-vous régulier dans le journal. Nous avons une nouvelle génération de lecteurs, monsieur Everett, et je sais qu'ils apprécieraient mon point de vue unique. Sans cela, les informations sont tellement ennuyeuses! Si vous le souhaitez, je peux me concentrer sur un thème précis et écrire sur le cinéma, par exemple. J'apprends tant de choses à ce sujet en ce moment, et je suis certain que les gens se réjouiraient d'avoir l'avis de quelqu'un du milieu.

Sincères salutations.
Arthur Bean

Salut Artie!

Je ne suis pas convaincu pour le billet d'humeur régulier, mais voyons ce dont tu es capable avec un article de fond! Comme tu le sais, la course Terry Fox arrive à grands pas. Depuis sa création, notre école secondaire a toujours été l'un des piliers de cette course et j'espère vraiment que tu pourras écrire un papier pour le journal. À vos marques! Prêts? Partez!

M. E.

ÉCOLE DE ZOMBIES
D'Arthur Bean et Robbie Zack

Prise de notes de la réunion de production
du 21 septembre :

En tant que scénariste, je suis convaincu que
mon idée de faire un film où des fantômes
combattraient des zombies serait le meilleur
rebondissement jamais inventé, parce que
personne ne le verrait venir (HA HA HA! Des
fantômes... qu'on ne verrait pas venir!!!). Le
moment où on réalise que les élèves sont déjà
morts, mais qu'ils reviennent à la vie quand ils
sont tués par les zombies, serait la bataille la
plus épique de tous les temps. Robbie trouve ça
stupide. Je mets tout de même mon idée par écrit
parce que Robbie se rendra compte que j'avais
totalement raison et que ce sera sensationnel.
Alors je lui montrerai cette feuille et cela sera la
preuve que j'avais raison et qu'il avait tort. (Lis ça
et sanglote, futur Robbie Zack!)

Nous avons aussi décidé que notre société de
production ne s'appellerait pas ARTIE-ROBBIE
PRODUCTIONS comme je le voulais, mais
MISÉRABLE GLOUTON PRODUCTIONS.

De : Kennedy Laurel <tropmimikl@hotmail.com>
À : Arthur Bean <arthuraaronbean@gmail.com>
Envoyé le : 21 septembre, 20:31

Salut Arthur!

Comment ça va? Robbie m'a dit que vous aimeriez figurer dans mon article! C'est génial!!! J'ai hâte de vous INTERVIEWER! Ne t'en fais pas! Je vous ferai passer pour les plus COOL ciné-maniaques de l'école. MDR!! Et je veux absolument être dans votre film! La pièce que le club a choisie cette année a l'air SUPER nulle, donc vous n'aurez aucune difficulté à recruter les bons acteurs de l'option théâtre. MDR! SINON, j'aimerais faire l'entrevue demain! J'ai une obligation familiale le matin, mais on pourrait se retrouver au centre commercial et faire l'entretien là-bas! J'ai dit à M. E. que mon article serait prêt pour jeudi, alors t'as INTÉRÊT à être disponible!

Kennedy ☺

De : Arthur Bean <arthuraaronbean@gmail.com>
À : Kennedy Laurel <tropmimikl@hotmail.com>
Envoyé le : 21 septembre, 20:55

Chère Kennedy,

Pas de problème, on se voit quand tu veux! Bonne idée que ce soit à l'extérieur de l'école. On n'a jamais le temps de se parler entre les cours. Du coup, ce serait super!

Sincères salutations.
Arthur Bean

P.-S. : Nous, les « ciné-maniaques » , préférons plutôt nous faire appeler les « geeks du cinéma » , c'est plus inclusif. ☺

Salut, Anila. Je sais que nous avions dit que nous nous verrions demain, mais maintenant j'ai un projet à préparer pour un cours, alors je ne suis plus libre. Désolé!

Je suis déçue de ne pas te voir, Arthur, mais je comprends. J'espère que ça se passera bien, pour ton projet. De quoi s'agit-il? XOXO

Ma classe s'intéresse à une étude sur les sources d'énergie alternatives… J'ai hâte de t'en parler. Peut-être que nous pourrions écrire des lettres à des entreprises pour qu'elles abandonnent les sources combustibles! XOXO

Sinon comment ça va pour toi? Tu as regardé le documentaire dont je t'ai parlé? Je pense vraiment que tu le trouveras intéressant et tu ne mangeras probablement plus jamais de bœuf après… XOXO

Je le regarderai ce soir, si je peux. J'ai quand même beaucoup de devoirs à faire. Désolé pour demain. Bonne nuit!

Bonne nuit à toi aussi, Arthur Bean! Tu me manques beaucoup! XOXO

22 septembre

Cher JL,

Je dois te raconter comment j'ai frôlé la catastrophe aujourd'hui! J'étais au centre commercial avec Kennedy et Robbie quand Anila est apparue! Elle était TOUTE SEULE et elle est passée devant le coin des restaurants. Je me demande ce qu'elle faisait là, elle dit toujours qu'elle ne s'y rend jamais! Heureusement, elle ne nous a pas vus! Mais j'étais plus préoccupé de l'éviter que d'écouter les questions de Kennedy, alors je n'ai pas répondu aussi génialement que j'avais prévu. Maintenant, elle va probablement s'intéresser davantage à ce qu'a dit Robbie et il donnera l'impression d'être celui aux commandes de notre film alors qu'en réalité, c'est moi.

Tu sais ce qui est bizarre, en plus? J'étais vraiment inquiet qu'Anila nous repère, mais j'étais encore plus nerveux que Kennedy apprenne pour Anila! Je ne comprends pas pourquoi je ne veux pas qu'elle sache que j'ai une copine, mais une chose est sûre, je ne veux pas. Anila et Kennedy correspondent à deux pans différents de ma vie, et j'aime bien qu'ils restent séparés. Ma mère disait souvent qu'elle ne mélangeait pas ses amis de boulot avec ses autres amis. C'est un peu la même chose, j'imagine.

Sincères salutations.
Arthur Bean

DEVOIR : MON COLLIER DU CAMP DE VACANCES

D'Arthur Bean

Mon objet est mon collier de chanvre du camp artistique de cet été. Je l'ai fabriqué moi-même. Je pensais que faire des bijoux serait niaiseux, mais pas du tout. Et ce n'est d'ailleurs pas très difficile de réaliser un collier de chanvre. En gros, on crée des nœuds élaborés et on ajoute des perles. Je pense que mon savoir-faire en tricot m'a aidé, parce qu'au final, il est plutôt magnifique, ce collier. Une des perles est bleu marine. Je l'ai choisie parce que le bleu était la couleur favorite de ma mère et je savais qu'elle l'aurait préférée entre toutes.

Il y a aussi une perle qui représente une tête de mort. Il y en avait deux comme ça, et Robbie, qui les avait prises toutes les deux, m'en a donné une pour qu'on ait chacun la nôtre. La perle voisine a une araignée dessus. Je l'ai choisie à cause de mon moniteur de camp : Araignée. Il ne s'appelait pas vraiment Araignée. Seulement pendant le camp. C'était un homme noir immense qui faisait plus de deux mètres. En fait, il était tout le temps super cool. Il m'a dit que son père était mort quand il avait à peu près mon âge. Il n'en a pas fait tout un plat. C'était un gars avec qui on pouvait toujours discuter. Au début, il me rendait nerveux, mais un soir, autour d'un feu de camp, il a apporté sa guitare et il s'est avéré être un musicien classique hors pair. Pratiquement tout ce qui le concernait était incroyable et plutôt inattendu, en réalité.

J'aime beaucoup mon collier, maintenant qu'il est plus doux, à force de l'avoir porté tous les jours depuis deux mois. Comme il est aussi imperméable, je n'ai jamais eu besoin de l'enlever. Enfin, il n'est pas vraiment imperméable, mais disons que l'eau ne l'a pas abîmé. Je le portais autour du cou les premiers jours après la rentrée, mais une bande d'élèves s'est moquée de moi parce que je portais des bijoux, y compris Robbie (alors même qu'il arborait le sien tous les jours, au camp). Alors je l'ai enlevé et maintenant, je le garde sur ma table de chevet de façon à pouvoir au moins y jeter un œil tous les soirs.

Cher Arthur,

Je suis ravie de voir à quel point tu t'es investi dans ce devoir. Tu as fait un très bon travail : l'écrivain accompli que tu es rayonne dans ce texte! J'espère que tous tes devoirs, cette année, seront d'une telle qualité.

Mme Whitehead

OCTOBRE

1er octobre

Cher JL,

Robbie a apporté la caméra à l'école vendredi et j'ai dû la trimballer dans mon sac à dos toute la journée. J'imagine que j'aurais pu la laisser dans mon casier, mais je n'avais pas envie qu'on la vole. Ce qui est plutôt ironique, quand on sait d'où elle vient.

Je ne devrais peut-être pas en dire plus, en tout cas, pas par écrit. Qu'il n'y ait pas de preuve, quoi. Mais je peux te dire que je commence vraiment à la détester, cette caméra. Rien que de l'avoir dans l'appartement, j'ai l'impression que les policiers pourraient débarquer d'un moment à l'autre.

Sincères salutations.
Arthur Bean

De : Anila Bhati <anila.i.bhati@gmail.com>
À : Arthur Bean <arthuraaronbean@gmail.com>
Envoyé le : 1er octobre, 17:54

Salut, Arthur!

Ma mère voudrait que je vous invite à la maison, toi et ton père, pour le souper de l'Action de grâce, dimanche prochain. Avec ma grand-mère, elles vont préparer un festin de plats indiens, y compris des naans, un pain maison qui est si léger et onctueux

que j'en ai l'eau à la bouche rien que d'y penser…
Vous n'auriez rien à apporter, tous les deux, mais mes
parents seraient ravis de te revoir, et de rencontrer ton
père. Le mien adore le cinéma, tu pourras parler de
ça avec lui. Et ma mère trouve que c'est absolument
charmant que tu tricotes. Je lui ai montré le porte-tasse
que tu m'as fait au camp et elle croit que tu devrais
en vendre sur les marchés artisanaux! Tu n'y as jamais
pensé?
En tout cas, j'espère vraiment que vous pourrez venir.
Tu me manques!

XOXO
Anila

1er octobre,

Cher JL,

Anila m'a invité avec mon père pour l'Action
de grâce. Chaque fois que cela se produit dans un
livre ou dans un film, c'est une étape importante
dans une relation, alors j'imagine que ça devrait
m'effrayer. Mais je ne vois pas pourquoi j'aurais
peur. Peut-être que nos parents deviendront
amis. Mon père aurait besoin de plus d'amis. Il va
toujours à son cours de yoga, mais à part ça, il ne
fait pas grand-chose. Cela étant dit, je suis plutôt
content qu'il ne se soit pas encore mis à rencontrer
des femmes, comme le père de Robbie. Ce serait
le pire. En fait, le pire serait qu'il se mette à sortir
avec une prof. Ça arrive tout le temps au cinéma
et dans les romans. Heureusement, je ne crois pas
que Mme Whitehead soit son style. Enfin, j'espère
qu'elle n'est pas son style. Je ne le supporterais pas.

Mais à part le fait que nos parents se rencontrent, je ne vois pas ce qui devrait m'inquiéter. Si ce n'est toute la masse de curry accumulé dans un seul repas. Anila m'a dit que la nourriture de sa mère est très épicée. Je ne peux pas manger des choses épicées sans que cela devienne vraiment, vraiment embarrassant.

Je me demande ce que fait Kennedy pour l'Action de grâce. Je ne crois pas qu'elle ait un copain, en ce moment. La roue a tourné. Aujourd'hui je suis pris et elle est célibataire. C'est comme si on évoluait dans un univers parallèle! Ha!

Sincères salutations.
Arthur Bean

De : Arthur Bean <arthuraaronbean@gmail.com>
À : Anila Bhati <anila.i.bhati@gmail.com>
Envoyé le : 2 octobre, 09:33

Salut, Anila!

J'ai parlé à mon père et nous pouvons venir souper le dimanche de l'Action de grâce. Ça s'est très bien arrangé, parce que notre amie Nicole et son petit copain nous ont invités à souper chez eux lundi soir. Alors c'est parfait! Comme dit mon père, nous aurons droit à du curry et à une dinde, sans avoir à cuisiner ni à faire la vaisselle!

Sincères salutations.
Arthur Bean

BATTRE LE PAVÉ : LA COURSE TERRY FOX

D'Arthur Bean

Je pense que tout le monde s'accorde à dire que Terry Fox était un héros. C'était un homme fort et courageux et un formidable athlète. Mais je dois prendre position ici, même si mon point de vue ne plaira pas à tous. Les écrivains qui ont une conscience sociale doivent parfois prendre des risques pour leur art.

Je tiens à dire que le type qui pense qu'il peut TRAVERSER LE CANADA en courant a clairement un boulon en moins. À cause des irritations, d'une part! Et des ampoules! C'est insupportable. Je ne crois pas que quelqu'un puisse choisir de son plein gré de courir une aussi longue distance. Cependant, chaque fois que revient septembre, tous les gamins de toutes les écoles de tout le Canada ont l'obligation de courir un dixième environ de ce que Terry Fox a parcouru, comme un rappel qu'on ne rêve jamais assez grand.

Comme tout un chacun, j'ai dû participer à la course Terry Fox de l'école secondaire Terry Fox, la semaine dernière. Bien sûr, il pleuvait ce jour-là, mais cela ne servait à rien de mettre un imperméable. De toute façon, j'allais transpirer sous la veste. J'ai envié les élèves qui avaient un mot d'excuse leur permettant de ne pas prendre part aux activités physiques. Ce n'était pas la première fois que j'ai souhaité qu'une voiture me rentre dedans, mais légèrement... juste de quoi me fracturer la cheville. Seuls les athlètes aiment cette course. Le reste d'entre nous souffre tout au long, à l'exception de ce groupe qui semble connaître un chemin secret où on peut s'asseoir sous un arbre pendant une heure et arriver tranquillement plus tard.

Le parcours était le même que l'an passé : un tour du terrain, puis du quartier. Ce qui était au départ une foule compacte s'est étiré en un long cordon serpentant à travers les rues de Calgary. *Quatre* vieilles dames nous ont hurlé dessus dans quatre langues différentes. Il est facile de penser que ce n'étaient pas des encouragements vu que nous avons transformé leurs pelouses impeccables en champ de boue, et ravagé leurs fleurs et leurs haies. Il n'a pas fallu plus de quelques mètres pour que mes poumons commencent à brûler à chaque inspiration et que j'aie envie de cracher toutes les trois foulées. Je ne sais pas d'où vient toute cette salive, c'est comme si je pouvais en sécréter sans fin. Quand l'école nous est apparue de nouveau, nous étions trempés de sueur et de pluie, et ravis d'en finir. Mais, NON! Nous devions encore faire un tour de ce stupide terrain de sport. Le temps que je termine la course, il n'y avait plus de chocolat chaud et j'étais attendu au prochain cours.

Est-ce que je me sens mieux après avoir participé à la course Terry Fox de l'école secondaire Terry Fox? Non. Est-ce que j'ai l'impression d'avoir accompli quelque chose pour la communauté? J'aurais pu, mais seulement deux personnes m'ont donné de l'argent. Alors, qu'est-ce que j'en retire? Que Terry Fox était un type coriace. Un type coriace, et peut-être un peu fou.

Salut Artie!

Je ne vais pas te mentir, j'ai gloussé à certains passages de ton compte rendu de la course Terry Fox. Je ne savais pas que tu avais des sentiments aussi forts à l'encontre de notre icône nationale. Je voulais un article plus positif au sujet de cette expérience, alors je vais raccourcir ton article et demander à Kennedy d'écrire de quoi le compléter. Deux points de vue opposés seront intéressants pour les lecteurs.

M. E.

Cher M. Everett,

Je crois que vous n'avez pas compris mon article. Je n'ai rien contre Terry Fox, ni même contre ce qu'il représente pour le Canada. Je pense simplement qu'il y a d'autres façons d'honorer sa détermination que courir autour d'un terrain de sport une fois par an. Si vous me laissiez avoir un billet personnel, je parie que cette opinion transparaîtrait de manière plus évidente.

Sincères salutations.
Arthur Bean

De : Kennedy Laurel <tropmimikl@hotmail.com>
À : Arthur Bean <arthuraaronbean@gmail.com>
Envoyé le : 7 octobre, 22:22

Salut Arthur!

Comment ça va? AU FAIT… j'ai entendu un truc TRÈS INTÉRESSANT à ton sujet ce soir! Ma mère a invité Robbie, son père et son frère à venir souper pour l'Action de grâce. Alors que nous discutions avant le repas, j'ai réalisé que toi et ton père alliez sans doute passer cette fête de famille tout seuls et je me suis sentie MAL! J'en ai donc parlé à Robbie et il m'a précisé que je n'avais pas à m'en faire, parce que toi et ton père alliez profiter d'un buffet au curry CHEZ TA PETITE COPINE!!!!!!!!
Tu ne m'as JAMAIS dit que tu avais une copine! Alors

t'as intérêt à TOUT déballer! MDR! Je veux tout savoir sur elle! J'arrive pas à CROIRE que tu ne l'aies jamais mentionnée avant! D'après Robbie, tu traînes TOUT LE TEMPS avec elle! TOUS les jours, à l'école, je te demande de tes nouvelles, et PAS UNE FOIS tu m'as laissé entendre que t'avais une copine! T'es TROP bizarre MDR!! J'ai hâte de la rencontrer!

Kennedy ☺

7 octobre

Cher JL,

Kennedy est au courant pour Anila, mais elle utilise tellement de points d'exclamation que je n'arrive pas à savoir si elle est fâchée ou emballée. Et ça me fait d'autant plus bizarre que ce souper de l'Action de grâce était hyper étrange. Et en plus si ça se trouve, c'est fini entre nous. Déjà, les parents d'Anila sont très calmes. Nous sommes arrivés chez eux, mon père et moi, et comme il avait apporté une bouteille de vin, il l'a donnée à M. Bhati qui s'est senti très mal : « Oh. Nous ne buvons pas d'alcool, mais vous pouvez vous servir un verre si vous le désirez. » Quand mon père, embarrassé, a décliné sa proposition, M. Bhati a posé la bouteille au milieu de la table, comme un rappel insistant de son erreur. Anila est le portrait craché de sa mère. Elles ont toutes les deux de fins sourcils qui donnent l'impression d'avoir été peints, de bonnes joues et un menton pointu. Si jamais un jour j'épouse Anila, je saurai à quoi elle ressemblera quand elle sera vieille. C'est tellement

bizarre comme idée que je ne veux plus jamais y
penser.

Le pire c'était la nourriture super épicée,
et en plus nous ne pouvions pas nous éclipser
juste après le repas. Je n'ai pratiquement rien
pu manger à part le pain, mais mon père s'est
bien servi et a complimenté Mme Bhati à chaque
bouchée. C'était déjà embarrassant, mais ensuite
il a eu besoin d'aller constamment aux toilettes,
et quand il revenait, il plaisantait sur les effets
des épices indiennes sur les non-habitués. Je
ne crois pas qu'il se comportait en raciste, mais
j'étais tellement gêné que je ne pouvais même pas
le regarder. Chaque fois que mon père se levait de
table, il y avait ce silence horrible et M. Bhati me
fixait du regard tandis que Mme Bhati cherchait
quelque chose à dire pour que la conversation
reste normale. Nous avons fini par parler un
long moment du camp de vacances, surtout
que les parents d'Anila sont de bons amis des
propriétaires.

Anila doit sûrement vouloir rompre,
maintenant. J'imagine que je le saurai bientôt.

Sincères salutations.
Arthur Bean

De : Kennedy Laurel <tropmimikl@hotmail.com>
À : Arthur Bean <arthuraaronbean@gmail.com>
Envoyé le : 8 octobre, 10:58

Salut Arthur!

Comment s'est passé le souper avec ta copine???

L'Action de grâce chez moi a été SUPER bizarre. Mon frère et celui de Robbie se sont bêtement disputés au sujet d'un jeu vidéo. On pourrait CROIRE que mon frère serait capable de prendre un peu de hauteur, depuis qu'il est à l'université... Il est TELLEMENT immature! Tu veux qu'on passe un moment ensemble? Que tu puisses TOUT me raconter de ton IDYLLE MDR!!! JE MEURS d'en savoir plus MDR MDR!!! Je m'ennuie TROP, là. Je suis coincée avec mon frère qui a la gueule de bois. Il est écroulé sur le canapé à regarder des sports idiots à la télé!

Kennedy ☺

De : Arthur Bean <arthuraaronbean@gmail.com>
À : Kennedy Laurel <tropmimikl@hotmail.com>
Envoyé le : 8 octobre, 11:13

Chère Kennedy,

Je n'arrive pas à croire que je ne t'ai jamais parlé d'Anila. J'étais certain de l'avoir fait. Peut-être que tu ne m'écoutais pas, parce que je suis sûr de l'avoir mentionnée. Cela dit, je ne te vois pas si souvent que ça seul à seul. Elle chante très bien. Quand elle m'a demandé si je voulais être son petit copain, je me suis dit : « Pourquoi pas? » Elle aime beaucoup les musiques du monde et les documentaires, ce qui est cool, aussi. Pour ce qui est de cet après-midi, je ne peux pas venir, et pourtant j'en ai très envie! Nous allons chez Nicole parce qu'elle et son ami nous ont invités à souper. On peut se voir une autre fois?

Sincères salutations.
Arthur Bean

De : Kennedy Laurel <tropmimikl@hotmail.com>
À : Arthur Bean <arthuraaronbean@gmail.com>
Envoyé le : 8 octobre, 14:02

Salut Arthur!

Anila a l'air gentille! J'ai hâte de rencontrer la fille qui a
volé ton cœur MDR! Bien sûr qu'on passera du temps
ensemble bientôt! En plus, Robbie a mentionné votre
film pendant le souper et je pense VRAIMENT que ça
va être GÉNIAL! Il a dit que c'était comme si le film
Watchmen : les Gardiens rencontrait *Les Avengers*
qui rencontrait *Survivor* qui rencontrait *Zombie
Apocalypse* qui rencontrait *Bachelor* MDR!!! Ça a l'air
INTENSE!! J'ai appris BEAUCOUP DE CHOSES à ton
sujet! Robbie m'a raconté tous les coups fourrés dans
lesquels vous vous êtes retrouvés au camp. C'était
TELLEMENT DRÔLE! Je ne savais pas que tu étais aussi
REDOUTABLE, Arthur! Il m'a expliqué comment vous
sortiez en douce, la nuit, pour aller allumer des feux sur
la plage, nager, piquer de la nourriture à la cafétéria, le
tout sans jamais vous faire prendre!

Kennedy ☺

> Hé, Robbie : j'ai reçu un courriel de
> Kennedy où elle écrit que tu lui as
> raconté des trucs du camp. Qu'est-ce
> que tu lui as dit exactement? On avait
> convenu de ne jamais en parler.

> c au sujet de la caméra? évidemment
> que je lui ai rien dit. t tro parano.

> Mais tu lui AS DIT quoi? À part des
> trucs sur Anila.

JE LUI AI RIEN DIT. RELAX. de koi
ta peur? tout va bien se passer. on
va s'en servir et la rendre sans ke
personne s'aperçoive kel a disparu.

De : Arthur Bean <arthuraaronbean@gmail.com>
À : Anila Bhati <anila.i.bhati@gmail.com>
Envoyé le : 8 octobre, 16:58

Chère Anila,

Comment tu vas? J'espère que tu es en forme. Je
voulais te prévenir que mon père va appeler ta mère
pour la remercier à nouveau du souper d'hier soir. J'ai
vraiment aimé tout ce qui a été servi. Ta mère est une
bonne cuisinière! Peux-tu m'envoyer certaines des
recettes qu'elle a préparées? Je vais les tenter moi-
même à la maison.
En tout cas, merci pour le repas.

Sincères salutations.
Arthur Bean

De : Anila Bhati <anila.i.bhati@gmail.com>
À : Arthur Bean <arthuraaronbean@gmail.com>
Envoyé le : 8 octobre, 19:30

Cher Arthur,

Je suis tellement heureuse d'avoir de tes nouvelles!
J'étais si inquiète que tu veuilles absolument rompre
avec moi parce que mes parents sont trop bizarres! Je
n'arrive pas à croire que mon père n'ait pas prononcé
un seul mot, et j'avais demandé à ma mère de s'assurer

de ne pas mettre trop d'épices dans la nourriture. À mon avis, elle a plutôt doublé les doses, juste pour me contrarier! C'est adorable, d'ailleurs, que tu prétendes que tu as aimé. Tu es si poli! Je suis censée participer bénévolement à un groupe qui veut faire interdire la vente de soupe d'ailerons de requins dans les restaurants. Je crois que la formation préparatoire a lieu cette semaine. En plus, je vais assister à une pièce de théâtre dimanche, en matinée. Alors je suis vraiment vraiment désolée mais je ne suis pas certaine d'avoir le temps de te voir! Si seulement nous étions dans la même école, nous pourrions au moins y passer du temps ensemble.

De toutes les façons, je t'appellerai demain après les cours!

Tu me manques!

Anila
XOXO

▶▶ ▶▶ ▶▶

DEVOIR : SE SERVIR DU SYMBOLISME

Beaucoup d'écrivains utilisent le symbolisme pour faire ressortir les thèmes importants ou les émotions prédominantes dans leur travail. Le symbole peut prendre la forme d'un objet, comme nous l'avons lu dans « Le coquetier peint », du temps qu'il fait, comme nous l'avons vu dans « Des éclairs au-dessus de Flin Flon », ou bien de personnages, comme dans « Les funérailles d'un clown ». Glisser du symbolisme dans votre texte peut considérablement améliorer votre histoire. Entraînez-vous à ajouter du symbolisme à votre travail en écrivant un texte sur un événement de votre vie. Mettez l'accent sur un objet ou sur le temps pour symboliser comment vous vous êtes senti durant cet épisode personnel.

À rendre le 12 octobre

▶▶ ▶▶ ▶▶

De : Kennedy Laurel <tropmimikl@hotmail.com>
À : Arthur Bean <arthuraaronbean@gmail.com>
Envoyé le : 10 octobre, 10:03

Salut Arthur!!

Faut VRAIMENT qu'on se voie ce week-end! Peut-être que ta copine peut venir aussi! Je MEURS d'envie de la rencontrer! Je veux savoir quel genre de fille accroche le cœur de l'infâme Arthur Bean MDR!

Kennedy ☺

▸▸ ▸▸ ▸▸

DEVOIR : SE SERVIR DU SYMBOLISME

D'Arthur Bean

Au camp de vacances, j'avais l'impression que je trimballais partout avec moi un énorme pain de savon très lourd. Au début, je portais ce savon parce que je ne m'étais jamais absenté aussi longtemps de la maison auparavant. Dès que je le pouvais, j'écrivais un courriel à mon père et à mon cousin Luke, bien que les moniteurs limitaient ces envois pour qu'on « vive là le moment présent ». Et quand mon père ou Luke me répondaient, c'était comme si j'utilisais un peu du savon, et qu'il devenait plus petit. J'avais toujours le savon avec moi dans le dortoir aussi, parce que je n'étais pas sûr que Robbie allait être gentil à mon égard, mais il l'a été, et cela a aussi réduit un peu le pain de savon. Chaque fois que j'entreprenais quelque chose de nouveau, le savon devenait très lourd, mais une fois l'action terminée, il se révélait plus petit et plus léger. Plus l'événement à venir était important, plus le savon prenait du poids, comme quand nous nous faufilions la nuit hors du dortoir pour aller nager, ou quand je me présentais devant un groupe pour lire un poème que j'avais écrit sur ma mère. Parfois, il y a des choses que je ne faisais pas parce que le savon était trop pesant, mais plus il devenait petit, et plus j'accomplissais facilement de nouvelles choses.

Je porte toujours un bout de ce savon avec moi, mais c'est un tout petit morceau maintenant.

Arthur,

Je pense que tu utilises le savon comme symbole de ta peur, sans vraiment le préciser. C'est difficile de saisir exactement le sens profond de ton histoire, que je trouve assez obscure. Tu es sur la bonne voie, mais la prochaine fois, essaie d'établir le symbolisme de manière plus claire en réfléchissant attentivement à un symbole qui fonctionne bien. Aurais-tu pu choisir quelque chose de plus approprié au contexte de ton histoire ou à ton émotion?

Mme Whitehead

Mme Whitehead,

Je trouve que le pain de savon est très symbolique. Après tout, n'est-ce pas vous qui nous avez mentionné une scène de Shakespeare où ils se lavent les mains?

Arthur Bean

▶▶ ▶▶ ▶▶

13 octobre

Cher JL,

Je vais te confier quelque chose, JL, mais tu n'en parles À PERSONNE!! OK... Voilà. Robbie a volé une caméra au camp de vacances. Là-bas, ils avaient une pièce entièrement remplie de matériel que nous pouvions utiliser. Nous avons fait les meilleurs films qui soient avec cette caméra. Elle doit valoir au moins mille dollars. Quand Robbie m'a informé de son prix, j'étais nerveux rien qu'à la tenir. Mais c'était incroyable qu'on ait la chance de pouvoir s'en servir. Puis, la dernière nuit, j'ai accidentellement aidé Robbie à s'introduire dans la pièce du matériel pour la dérober. Nous avions quitté le dortoir sans nous faire voir, quand il m'a dit de vérifier que personne n'approchait. Je pensais qu'il allait juste se soulager derrière le bâtiment, mais il est revenu avec la caméra. Il a déclaré qu'on pouvait la rapporter l'année prochaine puisqu'il n'y a personne au camp, le reste de l'année, à l'exception de ses propriétaires. Je lui ai dit de ne pas faire ça, mais il a répliqué que je me comportais comme un bébé.

Je suis un complice par accident, JL! Je n'ai jamais voulu être délinquant. C'est vrai que j'avais envie d'être plus cool et me tenir avec Robbie me donne l'impression d'être un gars plus cool. En plus, on s'était donné pas mal de défis pendant le camp, alors voler la caméra en était juste un autre. Et Robbie ne veut pas la garder pour toujours. C'était simplement pour qu'on dispose d'une bonne caméra pour tourner notre film. Mais on l'a encore, et je crois qu'on n'aurait sans doute pas dû la prendre. Maintenant je me demande bien comment on va pouvoir la retourner. Elle est énorme. Il y a tout un tas de lentilles extra qui s'adaptent dessus, et il y a aussi un trépied. Robbie s'est débarrassé de la plupart de ses habits pour réussir à la glisser dans son sac!

Peut-être que Tomasz et Halina ne se sont pas rendu compte qu'elle a disparu, mais moi, je sais à tout moment où elle se trouve. Chaque fois que j'entends une sirène de police dans la rue (assez souvent, je dois dire!), j'imagine que la police arrive pour m'arrêter. Alors que je ne suis quasiment responsable de rien! Techniquement, c'est Robbie qui a volé la caméra. Je la garde pour lui, c'est tout. Elle est cachée au fond de mon armoire en ce moment, puisque Robbie ne peut pas la garder chez lui.

Moi, je suis innocent! Mais j'imagine que parfois l'innocent se sent aussi coupable. Je voudrais juste qu'on s'en débarrasse, mais Robbie pense que nous en avons besoin pour tourner notre film. Il ne sera pas terrible sans elle.

Il fallait que j'en parle à quelqu'un! Parfois le nœud que j'ai à l'estomac m'empêche de dormir.

Sincères salutations.
Arthur Bean

▶▶ ▶▶ ▶▶

Robert et Arthur,

J'ai appris, messieurs, que vous avez travaillé sur un projet de vidéo nécessitant l'utilisation de matériel de l'école sans avoir été supervisés par un professeur. Dorénavant, j'assisterai à vos réunions de production. Je serai disponible pour vous

41

aider sur tous les plans : l'écriture du scénario, le matériel ou pour m'assurer que vous travaillez selon les recommandations du club AV. Nous nous retrouverons la semaine prochaine pour commencer à élaborer votre film.

Mme Ireland

RECOMMANDATIONS DU CLUB AV
1. Tout élève peut participer au club AV.
2. Tout matériel doit être réservé et nécessite une signature au moment de son utilisation et de son retour.
3. Amusez-vous!

elle délire, Ireland?? elle va s'ocupé de nous comme si on était des gamins

Je sais. Je parie qu'elle ne nous laissera même pas filmer la scène où les zombies finissent dans la réserve du matériel et sont ensuite déchiquetés par des chiens enragés.

nul

Attends… Tu crois qu'elle va remarquer pour la caméra? Il y a un autocollant du camp sur l'étui de protection! Peut-être qu'on devrait essayer de la rendre.

t'as qu'à laisser l'étui chez toi. je doute quelle doive être présente quant on filme. t'en fais pas!

▸▸ ▸▸ ▸▸

18 octobre

Cher JL,

Je ne sais pas si c'est une impression, mais on dirait que Kennedy passe beaucoup plus de temps avec moi cette année. Elle a changé, aussi. Bon, elle est toujours la même, évidemment, mais genre version Kennedy Plus. C'est dommage que je n'arrive pas à mieux l'expliquer. J'adore ce changement, mais je ne sais pas d'où il vient. Elle a même commencé à me passer des mots pendant le cours d'anglais. Elle ne me dit rien en particulier, mais comme elle est une auteure super talentueuse, ses mots sont hilarants. J'espère que notre film aura de chouettes répliques grâce à elle. Je suis très bon pour les rebondissements, et Robbie est doué pour créer de l'émotion et de la tension, alors son rôle à elle sera de rendre le film drôle. Pas tout le temps, bien sûr, mais qu'il le soit au bon moment. C'est quand même chouette, non?! L'année dernière, je la voyais tout le temps parler à ses amis, et maintenant c'est à moi qu'elle s'adresse. Je parie qu'il y a des types en ce moment qui voudraient absolument être à ma place.

Sincères salutations.
Arthur Bean

⏩ ⏩ ⏩

Allô Artie!

Cette année, le club de théâtre ouvre les portes d'une maison hantée à donner la chair de poule, pour recueillir des fonds pour les costumes. C'est un événement qui aura lieu en soirée durant trois jours au moment de l'Halloween. M. Tan espère vraiment que de nombreuses personnes viendront y jeter un œil. Les élèves ont passé beaucoup de temps à préparer des classes avec différents décors thématiques. Peux-tu interroger quelques élèves ayant participé à la réalisation de cette maison hantée et écrire un article qui suscite de l'intérêt? Enfin, à moins que tu aies trop la frousse...

M. E.

De : Anila Bhati <anila.i.bhati@gmail.com>
À : Arthur Bean <arthuraaronbean@gmail.com>
Envoyé le : 19 octobre, 18:00

Cher Arthur,

Je ne me fais pas à l'idée que je ne te verrai pas cette fin de semaine! Tu me manques tellement que j'en ai mal au cœur... J'en parlais d'ailleurs à ma mère et d'après elle, c'est bon d'avoir quelqu'un dont l'absence nous pèse, cela nous donne l'occasion de l'apprécier encore plus. Tu crois ça, toi aussi? J'en suis même venue à l'idée de quitter le groupe qui s'occupe des requins pour pouvoir passer du temps avec toi! Qu'en penses-tu? J'en profiterais pour prendre ma revanche et te battre enfin au Scrabble. (Ne fais pas attention...

c'est mon côté compétitif.) Et Pickles me manque aussi! J'ai envie de lui faire un câlin. Elle est trop mignonne, cette chatte!

Tu me tiens au courant, alors. Je peux annuler ma réunion du groupe samedi, si tu veux qu'on fasse un truc ensemble.

Avec amour,
Anila
XOXOXO

De : Arthur Bean <arthuraaronbean@gmail.com>
À : Anila Bhati <anila.i.bhati@gmail.com>
Envoyé le : 19 octobre, 19:24

Chère Anila,

Ça me ferait plaisir de te voir, mais je ne veux pas que tu quittes le groupe sur les requins pour moi! Je suis très occupé, et il faut que je consacre du temps à écrire mon roman, mais on peut quand même faire quelque chose ensemble. Si jamais tu décides de ne pas te rendre à ta réunion, je suis certain que nous trouverons une façon créative de nous occuper. J'aime assez ton idée de jouer au Scrabble. Je ne me lasse pas de te botter les fesses aux jeux de société. ☺

Je plaisante, bien sûr. Tiens-moi au courant de ce que tu veux faire, et je verrai avec mon père s'il peut me déposer où que ce soit. Sinon, je ne comprends pas comment tu peux trouver Pickles mignonne. Je suis en train de me faire à l'idée qu'elle déteste tous les gars. Elle est l'opposé d'un chat misogyne. Une misandre?

Sincères salutations.
Arthur Bean

45

comme mon père sera pas là mon frère organize une fête pour l'Halloween. 27 oct. tu viens?

Ça a l'air génial, comme fête! Peut-être que je peux demander à mon père si je peux dormir chez toi.

sur. par contre apporte des croustilles et du coca.

J'imagine que j'ai intérêt à commencer à penser à mon costume. Tu crois que les gens comprendraient si je venais en Stephen King?

Je pourrais me déguiser en roi avec une couronne et une cape, et un badge qui dirait Salut, mon nom est Stephen.

personne comprendra. c débile.

ÉCOLE DE ZOMBIES
D'Arthur Bean et Robbie Zack

Prise de notes de la réunion de production du 23 octobre

Il est fondamental de commencer par déterminer l'univers dans lequel se déroule votre film. Où a-t-il lieu? À quelle époque? Que s'est-il passé avant que le film commence? Qui a mis l'histoire en branle? Posez par écrit les idées qui découlent de votre réflexion et distinguez vos remarques personnelles en les signant de vos initiales.

– Mme Ireland

DÉCOR :

C'est évident que École de zombies se déroule dans notre école secondaire, au nord-est de Calgary. – rz

Ou dans une école qui, en réalité, est un bateau de croisière. Ce qui ajouterait de la tension, car personne ne pourrait quitter le navire. – AB

Ce ne sera pas sur un bato. – rz

Ça pourrait. – AB

S'ils étaient sur un bato, alors comment attraperaient-ils l'horrible virus qui s'est répandu dans le monde entier et qui a transformé les adultes en zombies? il faut que sa se produise sinon le film n'aura pas de sens. – rz

OK. Pas de bateau. Mais on a besoin que l'école ait l'air abandonnée parce que tous les profs ont été contaminés par l'épidémie de zombies – genre école de film d'horreur, avec des casiers aux portes arrachées, des graffitis partout, et un prof déambulant comme un zombie dans le hall, en train de dévorer un bout d'humain. – AB

Et les profs pourraient se tenir cachés dans un bureau au soussol. – rz

Parce qu'il y aurait des vampires et des loups-garous au deuxième étage! – AB

Non. – rz

On n'a pas le droit de dire non quand on explore différentes pistes. – AB

Sauf si c'est une idée stupide. – rz

Tu seras la première personne bouffée par un zombie à l'écran. – AB

Mon personnage sera si puissant que c coups de karaté couperont les têtes du premier cou. – rz.

Mon personnage aura une force surhumaine et sera capable de disloquer les zombies avec son doigt tout rose. – AB

Mon personnage aura le pouvoir de bouger les choses par téllé-pathy. Au fait, que penses-tu de M. Tan à la tête des zombies? Il serai le meilleur, en tant que prof de théâtre. – rz

Je me disais que Mme Whitehead devrait le faire. C'est important que des femmes aient de bons rôles à se mettre sous la dent. C'est ce que pense Anila. – AB

«À se mettre sous la dent?» Zombies? Vampires? T'as pigé? – AB

nul. – rz

Je propose que vous réfléchissiez tous les deux avant la prochaine réunion sur ce qui est APPROPRIÉ pour un projet de film scolaire.

– Mme Ireland

23 octobre

Cher JL,

Je pense que notre film sera démentiel! On
travaille dur dessus et ça prend vraiment la forme
d'un long métrage hollywoodien. Je commence à
me dire que Robbie avait raison pour la caméra.
Celles du club AV sont si vieilles. Celle-ci sera
mille fois mieux! On n'a plus qu'à se mettre
Mme Ireland dans la poche. À la prochaine
réunion, nous avons prévu de lui dire qu'elle ne
peut pas réfréner notre créativité, c'est un exutoire
pour nous, sinon on risque de se mettre à fumer.
Je parie qu'elle nous en croira capables.

Sincères salutations.
Arthur Bean

21 octobre

Camp de vacances artistique
Les esprits volants
Boîte postale 13, RR1
Canmore, AB

Cher participant,

Nous t'écrivons pour t'annoncer une affligeante
nouvelle. Nous avons récemment terminé notre
inventaire et avons constaté qu'une caméra du
pôle audiovisuel du camp a disparu. Nous croyons
qu'il est important pour un camp de vacances
artistique de premier plan, comme le nôtre, de
mettre à disposition de nos participants un matériel
de qualité. Comme tu le sais, un des principes
directeurs du camp est l'honnêteté et l'intégrité,
aussi bien dans la création artistique que dans le
comportement moral. Nous sommes anéantis de
penser que l'un de nos participants de l'été a rompu

ce code de moralité en subtilisant du matériel commun. Si cette caméra et les accessoires qui l'accompagnent ne sont pas retrouvés, nous nous verrons dans l'obligation d'augmenter les frais d'inscription pour compenser le coût de rachat de cet appareil. Nous espérions que cette caméra avait mal été rangée, mais après avoir mené des recherches approfondies, nous ne l'avons pas trouvée. Si bien que nous lançons un appel à tous les participants de l'été : si vous avez la moindre information concernant ce matériel et cette caméra, nous te demandons de nous en informer.

Nous te prions de croire, cher participant, en nos sincères salutations.

Tomasz Zloty
Directeur du camp de vacances artistique
Les esprits volants

> Robbie, as-tu reçu cette lettre du camp.

quel lettre?

> Ils savent pour la caméra!

j'ai reçu aucun courriel

> Il ne s'agit PAS d'un courriel! Anila a reçu la lettre, elle aussi. Ils nous ont dans le collimateur. J'ai dû faire l'imbécile avec Anila, genre «je n'étais pas au courant».

c vrai ke tu peux être vraiment bête,
parfois

24 octobre

Cher JL,

On est foutus. J'ai reçu une lettre du
camp au sujet de la disparition de la caméra.
Forcément qu'ils savent que c'est moi et Robbie
les coupables! Forcément! Sinon pourquoi ils
me demanderaient de les contacter au cas où je
disposerais de la moindre information? Je parie
qu'ils ont juste envoyé la lettre aux participants
qu'ils soupçonnent. Ils en ont adressé une aussi
à mon père. Il m'en a parlé au souper. J'ai fait
semblant de paraître estomaqué. Je comptais
m'indigner fortement que quelqu'un puisse agir
de la sorte, mais je ne voulais pas exagérer (c'est
une astuce qu'on a apprise au camp de vacances.
Quand tu joues la comédie, n'en fais pas trop).
Mon père n'a rien ajouté, je crois qu'il m'a cru.
Voilà une autre raison d'être reconnaissant
envers le camp de vacances, et une raison
supplémentaire de ne pas vouloir être démasqué.
Voilà pourquoi je respecte les règles, JL. Je me
fais TOUJOURS repérer. Les gens qui enfreignent
constamment la loi savent comment s'y prendre,
eux.
Moi, je ne tiens plus, là.

Sincères salutations.
Arthur Bean

> Mon père est d'accord pour que je dorme chez toi, samedi. Je ne lui ai pas dit que tu faisais une fête. D'ailleurs, est-ce que je peux inviter Anila? Je crois que je devrais, c'est quand même ma copine.

> Je pense aussi que je vais venir en tant que Léonard de Vinci. J'aurai de la peinture sur mes vêtements et un bandeau sur mon oreille!

> t déguisements sont plus débiles les 1 ke les autres. prends mon vieux costume de batman. amène anilla si tu veux. et n'oublie pas les chips.

26 octobre

Cher JL,

Demain soir, je me rends à ma première vraie fête. Il y aura aussi Anila avec moi. Ce sera notre première sortie en couple. Je ne sais pas comment je dois me comporter dans ce genre de soirée. Déjà que le frère de Robbie n'a pas vraiment l'air de m'aimer, je me demande quelle sera la réaction de ses amis. Robbie a dit que Caleb avait invité la moitié des élèves de son année à sa soirée. J'ai du mal à imaginer comment ils vont faire rentrer autant de personnes dans leur appartement. Si ça se trouve, il y aura un fût de bière. Je n'ai aucune idée de l'endroit où les gens se procurent ce genre de choses, mais dans toutes les fêtes à la télé, il y en a un. Surtout les fêtes d'adolescents. Il y a TOUJOURS un fût à disposition.

À vrai dire, JL, je suis un peu stressé. Je n'aime pas la foule et je déteste avoir chaud. Ils n'ont même pas de balcon pour aller se rafraîchir. En plus, je ne veux pas qu'Anila et Kennedy fassent connaissance. Parfois, Anila peut être super bizarre. Quand elle est tendue, sa voix change. Elle a presque l'accent australien quand ça se produit. Je ne sais pas ce qui m'a pris de l'inviter. Je voulais qu'elle vienne, mais dès que je l'ai invitée, je me suis rappelé comment elle et Robbie n'arrêtaient pas de se disputer au camp de vacances. Et je vais devoir la présenter à tout le monde. En plus, je serai sûrement obligé de discuter avec elle toute la soirée parce qu'elle ne connaîtra personne. Je crois que je ne suis pas fait pour aller à des fêtes.

Sincères salutations.
Arthur Bean

Je suis tellement emballée de me rendre à cette soirée, Arthur. J'ai hâte que tu voies mon déguisement! XOXO

À quelle heure ça commence? On devrait peut-être arriver tôt.

Tu as raison. On viendra te chercher à 18 h. Comme ça, on pourra aider Robbie et Caleb à décorer et tout organiser.

Ma première fête! Je suis si heureuse d'y aller avec toi à mes côtés. Je suis déjà un peu stressée… XOXO

Ne stresse pas, S'IL TE PLAÎT!

▸▸ ▸▸ ▸▸

De : Kennedy Laurel <tropmimikl@hotmail.com>
À : Arthur Bean <arthuraaronbean@gmail.com>
Envoyé le : 28 octobre, 02:13

Salut Arthur!

Non, mais T'AS VU la fête que c'était?!?! Robbie a COMPLÈTEMENT dépassé les limites, là!!! Je n'arrive pas à CROIRE tout ce qu'il a dit sur MON frère!! Ça ne se fait PAS, de parler de la FAMILLE de quelqu'un de cette façon! Quel imbécile! Je ne lui adresserai PLUS JAMAIS la parole! Et que ça vienne de lui, en plus… Alors que Caleb est la personne la plus STUPIDE, la plus NULLE que je connaisse! Franchement, c'était la pire soirée DE TOUS LES TEMPS!
BREF, assez avec cette soirée ratée! C'était bien de rencontrer ENFIN ta copine MDR! Elle a l'air vraiment VRAIMENT, VRAIMENT chouette! Et son costume était… hum… précis MDR! Elle parle BEAUCOUP, non? Je crois qu'elle a discuté avec TOUT LE MONDE, ce soir-là (mais j'imagine que ce n'est pas si difficile que

ça, avec seulement six personnes présentes MDR!).
En tout cas, de te voir avec elle m'a rendu un peu
triste, ça me manque de ne pas avoir de petit copain!
Dommage que tu ne sois plus libre MDR! Je me
contenterai de t'avoir comme ami! Bon, je suis en train
de m'endooooormir là. Au lit! À lundi!

Kennedy

De : Anila Bhati <anila.i.bhati@gmail.com>
À : Arthur Bean <arthuraaronbean@gmail.com>
Envoyé le : 28 octobre, 07:20

Cher Arthur,

Merci beaucoup de m'avoir invitée à la fête de Robbie.
Tu étais très mignon en Batman. J'espère que je n'en
ai pas trop fait avec mon costume de Frida Kahlo. Je
n'arrive pas à croire que personne ne savait qui j'étais!
C'est dommage qu'il n'y ait pas eu plus de monde. Le
frère de Robbie avait vraiment l'air déçu, non?
Une chose, au fait. Je ne pensais pas que tu étais
toujours ami avec Kennedy. Elle a l'air plutôt gentille.
Mais elle ne t'a pas lâché de la soirée, t'enlaçant et
gloussant à tout ce que tu racontais. Même quand elle
et Robbie se sont disputés violemment au sujet de
leurs frères respectifs, elle te touchait le bras comme
si tu étais de son côté. Je vous regardais et tu ne lui as
jamais dit d'arrêter. Je ne voudrais pas paraître jalouse,
mais j'ai trouvé cette attitude étrange. Elle sait que
tu es mon petit ami, non? Elle m'a à peine adressé
la parole. Il m'a semblé qu'elle ne parlait qu'à toi. Je
croyais que les fêtes servaient à rencontrer et découvrir
de nouvelles personnes. Bon, j'imagine qu'étant une
de tes proches, ça passe, mais peux-tu t'assurer qu'elle
sache que tu as une petite amie et que cette petite

amie, c'est moi? Je dois avoir l'air fâchée. Je ne suis pas fâchée après toi, comment le pourrais-je? Mais j'y ai beaucoup réfléchi, cette nuit, et je pense qu'il est important que tu saches ce que j'ai ressenti à cette soirée.

XOXOX
Anila

28 octobre

Cher JL,

Eh bien, la fête a été un retentissant fiasco. Le frère de Robbie avait invité un grand nombre de personnes, mais presque aucune n'est venue (cinq, seulement). Et il n'y avait aucun fût de bière. Et ceux qui sont venus se sont franchement ennuyés. Il y avait deux autres filles en plus de Kennedy, Catie et Anila. Elles ont passé tout leur temps sur leur téléphone, avant de partir très tôt. En plus, il n'y avait rien à manger, à part les croustilles que j'avais apportées. Robbie a dit que son frère allait commander des pizzas, mais comme personne n'avait d'argent, on n'a rien eu à se mettre sous la dent.

Et puis il y a eu cette dispute incroyable entre Kennedy et Robbie. Kennedy a dit à Catie que Caleb n'avait pas d'amis et que sa fête était nulle, et Robbie, l'ayant entendue, s'est énervé. Il a commencé à lui dire plein de trucs méchants sur son frère à elle. Ça a tellement blessé Kennedy qu'elle est partie. C'était trop bizarre. Je les ai déjà entendus tous les deux critiquer leur propre frère, mais là ils ne voulaient absolument pas que quelqu'un d'autre s'attaque à leur famille. Je ne comprends pas.

J'ai aussi passé toute la soirée à regretter d'avoir invité Anila. Elle racontait à tout le monde qu'elle était « écolo » alors que ça semblait n'intéresser personne. C'était plutôt embarrassant, mais je n'allais pas le lui dire. Elle a aussi essayé d'inciter Caleb à faire du compost. Et aujourd'hui, Anila m'en veut parce que j'ai enlacé Kennedy. Mais ce n'est pas de ma faute. Kennedy ne m'avait jamais serré contre elle avant, mais hier elle m'a pris dans ses bras quand je suis arrivé chez Robbie, et à nouveau quand je lui ai apporté un verre d'eau, et ENCORE UNE FOIS quand elle est partie (en même temps je pense que là, c'était surtout pour ennuyer Robbie).

Je ne comprends pas les filles. Et j'avais raison, les fêtes, ce n'est pas mon truc.

Sincères salutations.
Arthur Bean

▶▶ ▶▶ ▶▶

CAUCHEMARS EN CASCADE
À L'ÉCOLE HANTÉE

D'Arthur Bean

Est-ce que les clowns maléfiques, les tronçonneuses et les vampires vous font grincer les dents? Et si, de plus, ils apparaissaient tous en même temps? Alors vous feriez mieux de vous tenir loin de l'école secondaire Terry Fox à l'Halloween. Vous aurez froid dans le dos!

Pour sa collecte de fonds, le club de théâtre investira une partie du rez-de-chaussée pour créer une des plus grandes maisons hantées de la ville. Durant trois nuits, l'école sera transformée en un lieu fantomatique. Chaque pièce donnant sur le couloir où se trouve l'espace théâtre déploiera un thème effrayant. J'ai discuté avec M. Tan et quelques-uns des participants au club de théâtre pour avoir un aperçu du genre d'horreur que leur maison renfermera, mais la plupart d'entre eux sont demeurés discrets. « Ce sera magistral », a promis l'un d'eux. Et il a ri avec son ami (d'un air hystérique). « Il y aura beaucoup de sang et d'hémoglobine. Des seaux de sang. Et d'hémoglobine », a précisé une fille.

M. Tan a simplement souri à votre journaliste et a indiqué que le public n'avait qu'à se déplacer pour voir par lui-même, avant d'ajouter que la Maison hantée n'était pas pour les personnes sensibles ou les jeunes enfants. Ensuite, j'ai mené une enquête approfondie pour que vous ayez, chers lecteurs, une vue d'ensemble. En me basant sur ce que j'ai pu apercevoir de caché dans divers placards de classes, ainsi que sur les accessoires dissimulés dans les loges du théâtre, je pense que les visiteurs de la Maison hantée trouveront des pièces aux thèmes terrifiants, tels que :

Quand la chimie part en vrille! Visite du laboratoire d'un scientifique déjanté, qui vous montrera sa folle… collection de manuels scolaires.

Une espèce d'homme-animal dingue nommé SerpillHomme et son acolyte, Popo La Pelle à Poussière, cachés dans le placard de l'homme de ménage, après s'être échappés du spectacle de monstres de cirque.

Maths.

Votre reporter a déjà la chair de poule.
La Maison hantée ouvre du 30 octobre au 1er novembre et l'entrée coûte 5 $ par personne, ou 4 $ avec un don à la banque alimentaire.

Venez . . . *si vous en avez le courage* . . .

Bon travail, Artie! Je ne connais pas l'étendue de ce qui sort de ton imagination, mais je pense que tu as réussi à susciter l'intérêt. Prends soin de vérifier les faits dans tes articles; nous ne voulons pas mener nos lecteurs en bateau. Imagine que l'un d'entre eux fasse une crise de panique à l'idée de ton SerpillHomme!

Ciao!
M. E.

De : Anila Bhati <anila.i.bhati@gmail.com>
À : Arthur Bean <arthuraaronbean@gmail.com>
Envoyé le : 29 octobre, 16:17

Cher Arthur,

Est-ce que tu m'évites? Tu ne m'as pas donné de nouvelles depuis plusieurs jours, et je m'inquiète à ton sujet! J'espère que tu n'as pas cru que je t'en voulais! J'ai passé un bon moment chez Robbie, et je te promets que je ne suis pas une de ces filles jalouses qui n'autorisent pas leur compagnon à avoir des amies féminines. Je ne suis pas comme ça. J'imagine que j'ai juste été surprise que tu sois ami avec une fille comme Kennedy. Elle est si différente de nous. En tout cas, je désire vraiment te parler! Tu me manques tant et je suis À L'AGONIE à l'idée de penser que tu m'en veuilles à cause de mon courriel. Je ne voulais pas te contrarier! Je suis tellement désolée!

XOXOXO
Anila

De : Arthur Bean <arthuraaronbean@gmail.com>
À : Anila Bhati <anila.i.bhati@gmail.com>
Envoyé le : 29 octobre, 18:08

Chère Anila,

Je ne t'en veux pas du tout! J'ai simplement été
très occupé avec le film et l'école. J'avais prévu de
te répondre quand j'ai reçu ton courriel, dimanche.
Kennedy est comme ça. Elle est chouette, mais nous
sommes juste amis. Je suis désolé que tu n'aies pas
eu l'occasion de lui parler, à cause de la dispute, entre
autres. Elle lit beaucoup elle aussi, comme toi!

Sincères salutations.
Arthur Bean

29 octobre

Cher JL,

Alors, apparemment, ignorer les gens comme
me l'a suggéré Luke, ça fonctionne! J'ai fait comme
si je n'avais pas reçu le courriel d'Anila, du coup
elle m'a écrit qu'elle était désolée de s'être emportée.
Je ne pensais pas du tout que ça marcherait.
Est-ce valable pour tout? Ma mère disait toujours
qu'il fallait faire face aux problèmes, mais je me
demande si elle ne se trompait pas. C'est une
astuce géniale! Je ne devrais plus jamais avoir
d'ennuis avec ça! Je vais emmener Anila à la
Maison hantée, histoire d'être sûr que tout est OK
entre nous. En plus, comme ça se passe dans le
noir, personne ne nous reconnaîtra!

Sincères salutations.
Arthur Bean

NOVEMBRE

3 novembre

Cher JL,

Aujourd'hui je me suis baladé avec Anila. Elle ne parlait pas beaucoup. Je m'apprêtais à lui demander ce à quoi elle pensait, mais c'est le genre de choses qu'elle me fait souvent, même en pleine séance de cinéma et je déteste ça. Chaque fois, j'ai l'impression qu'elle veut que je lui dise que je pense à elle, mais la plupart du temps, ce n'est pas le cas. Je pense à pratiquement tout, sauf à elle.

Parfois, je pense à elle et je me demande si elle se serait bien entendue avec ma mère. Je ne sais pas si ça aurait été le cas. Ma mère s'énervait quand elle surprenait des gens au supermarché en train d'exprimer haut et fort leurs opinions. N'étant pas discrète elle-même, elle se retournait vers moi pour dire des trucs du genre : «Je ne crois pas que le rayon d'un supermarché soit LE MEILLEUR endroit pour faire part de sa position archaïque sur les cotisations des syndicats» (ou de toute autre chose dont ils parlaient). Parfois elle se faisait remettre à sa place, mais alors elle prétendait qu'elle ne parlait pas de cette personne. C'était franchement embarrassant.

Anila n'a pas peur d'affirmer ses opinions.

Certains jours, c'est comme si je pouvais entendre ma mère soupirer et s'indigner dans la cuisine, alors que je sais fort bien qu'elle n'y est pas. C'est drôle, les gens qui n'étaient pas discrets l'énervaient énormément, alors qu'elle-même ne l'était pas. Si tu savais comme elle me manque, JL. Elle aurait trouvé un bon titre pour notre film. Elle était douée pour trouver de bons titres.

Sincères salutations.
Arthur Bean

▶▶ ▶▶ ▶▶

ÉCOLE DE ZOMBIES

D'Arthur Bean et Robbie Zack

Prise de notes de la réunion de production du 6 novembre

Je souhaiterais voir un récapitulatif de ce que vous décidez ensemble pendant ces réunions de production, ainsi que de toutes les remarques que vous jugez importantes pour vos futures séances de travail. Mettez par écrit dans ce compte rendu toutes les questions et demandes que vous avez et j'y répondrai. Je m'attends à ce que les réunions du club AV soient productives, qu'elles se déroulent dans un climat respectueux et que vos discussions soient toujours appropriées. – Mme Ireland

COMPTE RENDU DE RÉUNION :
Nous avons absolument besoin d'avoir accès au toit de l'école pour tourner les parties du film avec les extraterrestres. Nous espérons pouvoir louer une grue pour réaliser un bon plan du vaisseau spatial. Nous nous doutons que vous n'avez probablement pas le budget pour ça, mais si c'était le cas, ce serait notre priorité numéro un. Nous demandons également l'accès au sous-sol pour les scènes où nous découvrons le repaire

secret des zombies. En fait, nous avons besoin
de disposer librement de toute l'école. Ainsi nous
pourrons placer une caméra dans un coin, de façon
à donner l'impression qu'il s'agit d'une caméra de
surveillance qui nous filme en train de découvrir
la présence de zombies. Ce qui veut dire qu'il nous
faudrait aussi un filtre vert pour qu'on puisse faire
croire que ce sont des images de vidéosurveillance.

À NE PAS OUBLIER :
Je veux une scène où Mme Whitehead regarde les
informations dans une boutique d'électronique
d'un centre commercial, pendant lesquelles est
annoncée l'apparition massive de zombies à
New York, Chicago et Dubaï. Mme Whitehead est
entourée de cadavres et rit à gorge déployée. M. Lee
s'approche d'elle par-derrière. À ce moment-là,
il est aussi un zombie. Il lui prend la main. Ils
s'embrassent et puis ils commencent à se mâcher.
Ce sera super dégueulasse. – AB

je pense qu'on devrait limiter les sène romantic
à de vrais gens, parce que jamais 2 profs
accepteront de s'embrasser, même pour devenir
célèbre. – rz

Sûr qu'ils voudraient être célèbres. Tout le monde
veut être célèbre. – AB

pas en bouffant un visage. – rz

Je pense tout de même que nous devrions
l'inscrire comme des scènes de notre film. – AB

j'imagine que ça pourrait arriver après la sène des
extraterrestres. peut-être que M. lee est aspiré par
le vaisseau spatial à ce moment-là et son globe
oculaire pourrait être coincé entre les dents de
Mme W pendant kon l'éloigne. – rz

Messieurs, vous ne pourrez filmer ni sur le toit ni au sous-sol. Ce n'est pas encore précisé dans les recommandations du club AV, mais c'est une règle stricte applicable au club. Et une grue est bien évidemment trop chère pour le budget du club. Enfin, il n'y aura aucun épisode romantique entre des «profs zombies». – Mme Ireland

RECOMMANDATIONS DU CLUB AV – MODIFIÉ
1. Tout élève peut participer au club AV.
2. Tout matériel doit être réservé et nécessite une signature au moment de son utilisation et de son retour.
3. Amusez-vous!
4. On ne peut filmer que dans les espaces autorisés de l'école. Aucun tournage ne peut avoir lieu dans les endroits interdits aux élèves, comme le sous-sol, le toit et la salle du personnel.

DEVOIR : L'EXPRESSION DE NOTRE GRATITUDE
Cette année, l'école participe à une initiative de la ville intitulée «L'expression de notre gratitude». Ce programme, qui s'étale sur une année, a pour but de nous faire prendre conscience de l'impact positif que notre comportement peut avoir sur autrui,

et de remercier ceux qui nous ont aidés. Nous participerons à cette initiative en menant de courts projets tout au long de l'année et elle se conclura par une exposition artistique dans la bibliothèque du sud de la ville!

Notre classe abordera « L'expression de notre gratitude » par des lettres adressées aux anciens combattants dans le cadre du jour du Souvenir, le 11 novembre. Veuillez écrire une lettre de remerciement à un vétéran. Vous voudrez peut-être spécifier une façon dont vous avez profité de la liberté pour laquelle il s'est battu. Cela pourrait être un événement, une personne ou même un objet qui a changé votre vie.

À rendre le 13 novembre

9 novembre

Cher JL,

Je viens de passer la meilleure soirée de ma vie! Kennedy et moi avions un devoir d'histoire, alors elle m'a demandé si je voulais le faire avec elle! Elle est donc venue chez moi! Au lieu de travailler, on a commandé de la pizza et on a regardé de vieux films de monstres sur Internet. C'était super chouette. À un moment, Kennedy a dit qu'elle avait peur et elle s'est caché le visage dans mon chandail. Elle rigolait, en fait, et moi j'ai passé mon bras autour d'elle en disant : «Je vais te sauver du monstre, ma chérie!», et on a éclaté de rire. C'était presque comme si elle me faisait un câlin. Je ne crois pas qu'elle s'en soit rendu compte, mais moi, si. Je n'avais pas envie de bouger, de peur qu'elle se relève.

Ça n'avait rien à voir avec ce que je ressens quand je suis avec Anila. Anila, elle, elle se plaque quasiment contre moi, et c'est très agréable. Un peu comme quand je m'asseyais tout près de maman... Je sais qu'elle est là, et je m'attends à ce qu'elle soit proche de moi. Elle s'installait déjà comme ça autour du feu au camp de vacances, et j'aimais ça, parce qu'il faisait froid.

Mais assez parlé d'Anila. Ce soir il n'était question que de Kennedy, assise tout près de moi. Ça ne m'affecte pas de la même façon. Je suis tellement sensible à sa présence. Même lorsqu'elle n'est pas à portée de vue dans une pièce, je sais exactement où elle se tient. Comme si j'avais un sixième sens, à la Spiderman, branché sur sa fréquence. Si j'étais un super héros et elle une super méchante, je la trouverais n'importe où et je remporterais la bataille. Elle ne pourrait jamais m'échapper.

Sincères salutations.
Arthur Bean

> Je me disais qu'on pourrait faire du pouce jusqu'au camp de vacances et pendant qu'on est là-bas, on remet la caméra à sa place. Pourquoi pas le week-end prochain?

> T MALADE?!?! t'as écouté les histoires au camp? Ceux qui font du pouce SE FONT TOUJOURS TUER.

> Non. L'auto-stoppeur ÉTAIT l'assassin. Et nous, on ne tuera personne. On rendra juste la caméra.

et si tu la laissait dans ton plakard? c'est bon. personne ne peut la voir tu sais. pas question de se faire assassiner pour ce truc-là!

▸▸ ▸▸ ▸▸

De : Anila Bhati <anila.i.bhati@gmail.com>
À : Arthur Bean <arthuraaronbean@gmail.com>
Envoyé le : 11 novembre, 16:09

Arthur, tu te rappelles quand tu m'as dit que tu étais «très occupé ce week-end» et que tu ne «pouvais pas me voir»? Et ce matin également, quand on s'est parlé et que tu m'as dit que tu «étudiais toute la journée pour un test»? Ne trouves-tu pas cela très très étrange, dans la mesure où je t'ai vu aujourd'hui au centre commercial avec Kennedy... Je sais que tu m'as déclaré que vous étiez juste amis, mais les garçons décents ne laissent pas tomber leur petite amie pour leurs «juste amis». Je n'ai aucune idée de ce que tu faisais au centre commercial, en tout cas tu ne donnais sûrement pas l'impression d'étudier. On aurait plutôt dit que tu étais assis dans le coin des restaurants à rire et à manger des frites en compagnie de Kennedy et de tout un groupe de filles qui lui ressemblaient. Tu peux m'expliquer?

Anila

De : Anila Bhati <anila.i.bhati@gmail.com>
À : Arthur Bean <arthuraaronbean@gmail.com>
Envoyé le : 11 novembre, 22:12

Cher Arthur,

Ce n'est pas en t'éloignant de ton téléphone que ça ira mieux entre nous, tu sais. J'ai été bouleversée toute la journée. Je veux juste te parler et tu ne prends même pas mon appel!

Anila

De : Arthur Bean <arthuraaronbean@gmail.com>
À : Anila Bhati <anila.i.bhati@gmail.com>
Envoyé le : 11 novembre, 22:20

Chère Anila,

Je n'essayais pas de t'éviter, je t'assure! Je m'explique : j'étais bien au centre commercial aujourd'hui, mais j'y étais avec Nicole. Elle voulait que je l'aide à trouver quelque chose à offrir à Dan pour son anniversaire. J'étais seul à la maison, mon père étant à un truc de yoga. Il appelle ça une méditation sur le son primordial. Est-ce que ça veut dire qu'il y a du son, ou au contraire qu'il n'y a pas de son? Je n'en ai aucune idée, quoi qu'il en soit, ça me paraissait louche, alors je n'ai pas insisté. Bref, il avait yoga toute la journée, et moi J'ÉTUDIAIS de mon côté, mais ensuite Nicole est venue à l'appartement et voulait que nous nous rendions au centre commercial. J'ai vu Kennedy et ses amies quand Nicole était aux toilettes. Elles m'ont appelé, alors je me suis assis avec elles pendant que je patientais. Je ne suis pas resté longtemps en leur compagnie, ensuite je suis parti avec Nicole et je suis rentré chez moi. Je t'assure que je ne t'ai pas laissée tomber! Enfin, peut-être que oui, mais sans le faire exprès alors, et pas pour me rendre au centre commercial.

Je dois aller me coucher maintenant, mais je t'appellerai demain. Ce n'est plus la peine d'être fâchée. ☺

Sincères salutations.
Arthur Bean

De : Anila Bhati <anila.i.bhati@gmail.com>
À : Arthur Bean <arthuraaronbean@gmail.com>
Envoyé le : 11 novembre, 22:38

Cher Arthur,

Merci d'avoir répondu à mon courriel. J'imagine que je devrais éviter de tirer des conclusions hâtives, mais en même temps, ça paraissait tellement étrange! Je me sens bête de m'être fâchée avant de connaître toute l'histoire. Je ne suis plus du tout fâchée. J'aurais quand même vraiment aimé que tu me dises que tu sortais avec Nicole. J'aime bien savoir où tu es et ce que tu fais. Tu me manques, quand tu n'es pas près de moi!

Avec amour,
Anila

DEVOIR : CHER ANCIEN COMBATTANT

D'Arthur Bean

Cher ancien combattant,

Joyeux jour du Souvenir! J'espère que vous passez une bonne journée et qu'il fait soleil. Je souhaite qu'il fasse beau, surtout pour vous, car j'ai vu qu'ils vous font défiler dans la rue et rester au garde-à-vous un long moment, alors que vous êtes très vieux. Ça doit être pénible quand il pleut. C'est déjà bien assez d'avoir participé à une guerre. Vous pensez sans doute que vous ne devriez pas être obligé de faire des choses que vous n'avez pas envie de faire, après ça. Je crois que c'est ce que je ressentirais, moi, à votre place.

Juste une question pour vous : Est-ce que c'était très dur de faire la guerre et de continuer d'avoir une petite amie? Est-ce que vous avez eu des difficultés relationnelles avec elle quand vous étiez au loin? Est-ce que votre femme ou votre amie voulait savoir exactement où vous vous trouviez à chaque moment de la journée? Comment avez-vous géré cette situation? Je parie qu'il vous a fallu garder de nombreux secrets aussi, pour gagner la guerre. Cela a dû être difficile à vivre. Mais il le fallait, non? Pour que vos amis et votre famille soient en sécurité.

En tout cas, je voulais vous remercier d'avoir fait la guerre pour moi. Évidemment, je sais que vous ne vous battiez pas pour *moi personnellement*, mais j'en ai vraiment bénéficié. D'une part, ma mère m'a dit que les barres chocolatées avaient été créées pour la guerre, alors je vous suis plutôt reconnaissant d'avoir eu tellement envie de barres chocolatées qu'il a fallu les inventer. Elles sont sensationnelles. Et je crois que le ruban adhésif en toile a aussi été inventé pour vous, ce qui est bien pratique quand on sait comment mon père est nul pour réparer quoi que ce soit, alors que le ruban adhésif en toile est parfait pour arranger des choses. Un des pieds de notre canapé a été rafistolé avec il y a presque un an et ça tient toujours. Alors, je le pense vraiment quand je vous dis « Merci »!

Je vous prie de recevoir, Monsieur, l'expression sincère de mes sentiments les plus reconnaissants.
Arthur Bean

Arthur,

Ta lettre aurait besoin d'être retouchée pour être plus pertinente et sincère — je ne comprends pas vraiment où tu veux en venir. J'admets que tu as un sens de l'humour décalé, mais il est important de savoir quand l'utiliser de façon appropriée. D'ailleurs, sache que tous les anciens combattants ne sont pas forcément du quatrième âge : les soldats qui ont combattu dans des conflits récents, comme celui en Afghanistan, sont aussi considérés comme des anciens combattants.

Mme Whitehead

De : Kennedy Laurel <tropmimikl@hotmail.com>
À : Arthur Bean <arthuraaronbean@gmail.com>
Envoyé le : 14 novembre, 07:32

Salut Arthur!

Je viens juste de me réveiller, mais j'ai fait un rêve tellement BIZARRE qu'il faut que je t'en parle MDR! J'ai rêvé qu'on SORTAIT ENSEMBLE MDR! C'était trop étrange parce qu'il y avait aussi des bouts de ton film dans mon rêve, donc c'était comme si nous étions dans le film, mais pas vraiment, et en même temps, on était en train de le tourner! C'est super dur à expliquer! Comme le sont souvent les rêves MDR! En fait, on fuyait une bande de zombies, mais il y avait une caméra et quand le metteur en scène (Mme Whitehead, dans mon rêve) a hurlé «coupez!», nous nous sommes arrêtés, tout en CONTINUANT de nous tenir la main! C'était électrisant, et en même temps je n'arrêtais pas de me dire : «Arthur a déjà une copine», et pile au moment où j'allais te poser la question, je me suis réveillée! C'est FOU, non? Qu'est-ce que ça peut bien vouloir signifier, d'après toi?

Kennedy ☺

De : Arthur Bean <arthuraaronbean@gmail.com>
À : Kennedy Laurel <tropmimikl@hotmail.com>
Envoyé le : 14 novembre, 08:03

Chère Kennedy,

À mon avis, cela veut dire que tu veux avoir un rôle dans le film ☺. J'imagine que c'est pour ça que je suis aussi fatigué aujourd'hui. J'ai couru dans ta tête toute la nuit.

Sincères salutations.
Arthur Bean

De : Kennedy Laurel <tropmimikl@hotmail.com>
À : Arthur Bean <arthuraaronbean@gmail.com>
Envoyé le : 14 novembre, 08:06

MDR! MDR!! MDR Arthur! C'est trop DRÔLE!!! J'arrive pas à m'arrêter de rire! Je sens que ça va être une SUPER journée! Chaque fois qu'un truc m'énervera, je penserai à ce que tu as écrit et ça me fera rire! MDR! Tu es GÉNIAL!

Kennedy ☺

Salut, Arthur! Mon école organise une soirée dansante vendredi prochain et je peux venir avec un invité! Tu m'accompagneras?
XOXO Anila

Évidemment, devoir de petit copain oblige! Est-ce que je dois bien m'habiller? Je n'ai rien à me mettre, à part le costume que j'ai porté à l'enterrement de ma mère. Mais je n'ai pas trop envie de le porter.

Aucune tenue particulière exigée! Viens comme tu es, toujours mignon!
XOXO

Je suis tellement ravie que tu puisses venir! J'ai hâte que tu rencontres mes amis! On va passer une soirée incroyable!
XOXO

18 novembre

Cher JL,

Aujourd'hui Robbie m'a dit que sa mère essayait d'obtenir la garde exclusive de lui et de son frère. C'est bizarre, je ne pensais même pas que ses parents étaient déjà complètement divorcés. Robbie est super inquiet, mais à mon avis, c'est impossible qu'un parent puisse emmener ses enfants dans un autre pays. Ça ne va jamais arriver. Enfin j'imagine que les choses seraient différentes si sa mère était au courant pour la caméra. Personne ne doit apprendre comment elle a disparu, maintenant. Absolument personne. J'espère que ça en vaut la peine. On a intérêt à réaliser un film magnifique.

Sincères salutations.
Arthur Bean

▶▶ ▶▶ ▶▶

ÉCOLE DE ZOMBIES

D'Arthur Bean et Robbie Zack

Prise de notes de la réunion de production du 20 novembre

PERSONNAGES :
Un bon film est porté par des personnages forts et complexes. Cette semaine, concentrez-vous sur la liste de vos personnages et établissez un récapitulatif de ce que vous décidez. – Mme Ireland

RÉCAPITULATIF DES PERSONNAGES :
Nous aurons forcément des professeurs zombies dans le film. Il y aura également une Armée de Bons Gars, qui s'appellera l'ABG. Et il y aura moi et Robbie, et deux personnages dont on tombera amoureux. Il y aura aussi un gars qui nous dénonce aux méchants, mais qui se fait ensuite trucider par les zombies. En fait, il y

aura beaucoup plus de monde dans l'armée, mais aucun n'aura un rôle parlant.

Nous compterons en plus un groupe d'humains qui combattra l'ABG. Ce groupe sera stupide et croira qu'il suffit d'aimer les zombies pour que ceux-ci redeviennent de vraies personnes. On les appelle les Zombies sont Aussi des Personnes, mais eux-mêmes ont pris le nom de ZAP.

Nous avons besoin de pas mal de figurants pour jouer les cadavres, les zombies supplémentaires, et peut-être des loups-garous si nous décidons d'en mettre dans le film. Il y aura peut-être aussi des extraterrestres à combattre, mais pas besoin de vraies personnes pour cela, nous générerons des images par ordinateur dans le film par la suite.

Nous avons décidé de ne pas organiser des auditions, parce que nous n'avons pas envie que toute l'école se présente et qu'ensuite nous ayons à supporter une succession d'auditions ratées. À la place, nous demanderons directement aux personnes qui semblent faire l'affaire de jouer dans notre film.

À NE PAS OUBLIER :

Mon personnage sera un pro du karaté et aura une mitraillette qui pulvérisera les gens en miettes – rz

Mon personnage s'appellera Code-Postal et il dirigera l'ABG. – AB

Je pense que c'est mon personnage qui la dirigera parce que je parle plus fort que toi. – rz

OK, ton personnage peut la commander au début, mais ensuite quand celui qui trahit l'ABG la conduit dans un piège, la nuit, au centre commercial, ton personnage se fera presque tuer et peut-être même qu'il aura une jambe ou un bras arrachés, et à ce moment-là mon personnage prendra sa place comme leader. – AB

Et mon bras est remplacé par un bras bionique comprenant un pistolet et plein d'autres trucs pratiques. – rz

Vous n'avez aucune raison de rajouter une telle violence à votre film; cela ne sert à rien d'en avoir autant. Vous devriez aussi parfaitement connaître à présent la règle stricte de l'établissement qui stipule qu'aucune arme à feu (réelle ou imaginaire) ne doit figurer dans le travail produit à l'école Terry Fox.
– Mme Ireland

RECOMMANDATIONS DU CLUB AV - MODIFIÉ Nº 2
1. Tout élève peut participer au club AV.
2. Tout matériel doit être réservé et nécessite une signature au moment de son utilisation et de son retour.
3. Amusez-vous!
4. On ne peut filmer que dans les espaces autorisés de l'école. Aucun tournage ne peut avoir lieu dans les endroits interdits aux élèves, comme le sous-sol, le toit et la salle du personnel.

5. Aucune arme à feu ne figurera dans le film, et la présence de quelque autre arme sera réduite à son minimum.

> je suis tombé sur kennedy et son imbécile de frère au centre co aujourd'hui. je croyais qu'il était parti à l'université. c'est vraiment une famille d'idiots. Quel minable, ce type.

> Bon, il n'est peut-être pas le plus extra des gars, mais Kennedy est plutôt chouette. Je ne comprends pas pourquoi tu lui en veux. Ce n'est pas sa faute si elle a un frère comme ça.

> c elle qui a traité mon frère de minable en 1er. tel frère tel sœur. tu viens chez moi? j'ai 1 nouveau jeu.

> Ouais. Je suis là dans 30 min. Et c'est tel père, tel fils. Pas sœur.

> continue comme ça et ce sera mon pied où tu sais…

DEVOIR : IMAGINER UN DÉCOR EFFICACE

Avoir pleinement conscience du décor rend l'histoire plus captivante pour votre lecteur. En savoir plus sur l'environnement dans lequel se situe l'action lui permet d'entrer de plain-pied dans le monde que vous créez. La nouvelle que nous avons étudiée en classe, « Le guide hivernal pour les filles de la prairie », est un excellent exemple de l'utilisation d'un lieu pour capter l'attention du lecteur. Rédigez un court paragraphe sur une pièce dans une maison, à l'aide d'adjectifs, de détails et d'éléments descriptifs. Que nous apprend le décor sur les habitants de ce lieu?

À rendre le 26 novembre

▶▶ ▶▶ ▶▶

23 novembre

Cher JL,

ÉNORME NOUVELLE, JL, ÉNORME! Je n'arrive pas à croire ce qui vient de m'arriver!

Après les cours, Catie m'a rejoint et m'a tendu un mot de la part de Kennedy. Et dans ce mot, elle m'indiquait qu'elle était trop timide pour me dire en face qu'elle m'aime. Et pas juste en tant qu'ami, d'après elle. Elle sait que j'ai une copine et que j'aime Anila, mais elle trouvait qu'il était important que je sois au courant qu'elle me considère plus que comme un simple ami. Ensuite elle précise qu'elle ne veut pas que je rompe avec ma copine pour elle. Elle serait triste d'être la raison de ma rupture avec Anila, alors je devrais simplement continuer avec elle et ne pas tenir compte de ce mot. Quoi??

Et après ça, je dois me rendre à la fête ce soir avec Anila! Comment je gère tout ça, moi?!?!

Sincères salutations.
Arthur Bean

24 novembre

Cher JL,

Hier, je suis allé à la soirée dansante avec Anila. Comme j'essayais de ne pas penser tout le temps à Kennedy, je me suis vraiment concentré sur elle et j'ai tenté de faire bonne impression sur ses amis.

En chemin, son père m'a demandé «Quoi de neuf?» et Kennedy est la seule chose qui m'est venue en tête. Du coup, j'ai tenté de mentionner des choses de l'école, mais une phrase sur deux semblait débuter par «Kennedy et moi», et je voyais bien que ça commençait à agacer Anila. Alors je me suis tu et je l'ai laissée parler du club d'environnement et de leur prochaine grosse sortie.

J'ai fait connaissance avec ses amis (ce sont des hippies, je pense. Ils portaient de longs vêtements qui n'étaient pas vraiment à leur taille, et deux d'entre eux avaient des tresses rastas!). Je pensais qu'elle aurait plus d'amis que ça. Je croyais que c'était une fille populaire, comme Kennedy, mais pas du tout. Son école est très différente de la mienne. Ça ressemble à une école, mais elle appelle tous les enseignants par leur prénom. Anila paraissait extrêmement enthousiaste à l'idée de me présenter à eux. J'ai rencontré tous ses professeurs, qui m'ont dit des trucs du genre : «Quelle joie de faire enfin la connaissance du fameux Arthur. J'ai beaucoup entendu parler de toi.» J'imagine qu'elle parle souvent de moi. Moi, je ne crois pas avoir mentionné une seule fois Anila à l'école. Nous avons dansé, alors même que je ne sais pas bouger en rythme, mais personne ne s'est moqué de moi. Ça m'a bien plu, parce que dans mon école, personne ne danse sur des chansons rapides; ils attendent tous les slows. Même les profs dansaient. Ils étaient autorisés à amener leur mari ou leur femme, et certains l'ont fait.

Bon, maintenant c'est le week-end, et à nouveau, je ne pense qu'à Kennedy. Peut-être que je vais appeler Luke et lui demander quoi faire. Il donne toujours de bons conseils.

Sincères salutations.
Arthur Bean

Salut, Arthur, le meilleur petit ami du monde! Je viens à peine de me réveiller! Après tout ce qu'on a dansé hier soir, je devais être épuisée. J'ai passé un moment merveilleux! Tous mes amis t'ont trouvé génial, mais j'étais déjà au courant…

Que tu viennes dans mon école, hier, a été un des moments les plus chouettes de ma vie. J'aimerais tant pouvoir te voir tous les jours. Ne le souhaites-tu pas toi aussi?

Je suis déjà en train de compter les jours avant nos retrouvailles. Tu me manques, Arthur Bean!
XOXO

Ouais, c'était très chouette, hier soir. Ton école est tellement différente de la mienne! Passe un bon week-end!

De : Kennedy Laurel <tropmimikl@hotmail.com>
À : Arthur Bean <arthuraaronbean@gmail.com>
Envoyé le : 25 novembre, 19:41

Arthur!

Tu n'as même pas réagi au mot que je t'ai fait passer!
Je pensais AU MOINS que tu m'appellerais ce week-
end. Tu n'as rien dit DU TOUT!! Si ça se trouve, je ne
représente rien pour toi, même en tant qu'AMIE!!!

Kennedy ☹

De : Arthur Bean <arthuraaronbean@gmail.com>
À : Kennedy Laurel <tropmimikl@hotmail.com>
Envoyé le : 25 novembre, 20:38

Chère Kennedy,

Bien sûr que tu représentes beaucoup pour moi! Mais
dans ton mot tu me disais que je n'avais pas besoin de
te répondre, alors je ne t'ai pas répondu. Tu es vraiment
en colère contre moi? Je suis désolé. J'ai accompagné
Anila à une soirée dansante ce week-end et j'ai passé
beaucoup de temps au téléphone avec mon cousin
Luke. Mon père a insisté sur le coût exorbitant de cet
appel interurbain, alors je n'avais pas l'autorisation
d'appeler quelqu'un d'autre.

Sincères salutations.
Arthur Bean

De : Kennedy Laurel <tropmimikl@hotmail.com>
À : Arthur Bean <arthuraaronbean@gmail.com>
Envoyé le : 25 novembre, 20:59

Salut Arthur!

C'est juste que je trouve qu'on devrait quand même en parler! Je suis consciente que je n'ai pas vraiment le droit d'exiger ça de ta part, parce que je ne suis PAS ta copine, mais je ne SUPPORTE PAS que ça se passe mal entre nous!!! Et je DÉTESTE savoir que tu as vu Anila ce week-end! Ça me rend tellement triste!

Kennedy ☹

De : Arthur Bean <arthuraaronbean@gmail.com>
À : Kennedy Laurel <tropmimikl@hotmail.com>
Envoyé le : 25 novembre, 21:29

Chère Kennedy,

Moi non plus, je ne veux absolument pas que ça se passe mal entre nous! Quand tu veux, on en discute. Et je te promets que je n'évoquerai pas Anila. Cette histoire ne nous concerne que tous les deux, non? Personne d'autre. Ne sois pas triste. ☹

Sincères salutations.
Arthur Bean

DEVOIR : IMAGINER UN
DÉCOR EFFICACE
LA SALLE DE BAINS DE LLOYD

D'Arthur Bean

Lloyd Lloyd passait beaucoup de temps dans la salle de bains, plus que la plupart des gens. À cet effet, il aimait avoir des choses à contempler quand il s'y trouvait.

C'était une salle de bains qui n'avait rien d'exceptionnel. Il y avait deux lavabos l'un à côté de l'autre, de couleur blanche. L'espace autour de chaque vasque indiquait qui s'en servait. Celui de droite était sale, recouvert d'infimes poils de barbe et de nez tombés là après le rasage de Lloyd, accompagnés de taches de dentifrice séchées qui s'étalaient des bords du lavabo jusqu'au miroir au-dessus. La seconde vasque était immaculée, puisque Betsy, la femme de Lloyd, ne nettoyait que son côté, lequel était couvert de petits flacons de lotions et de maquillage, essentiellement chapardés dans les hôtels. Les serviettes éponge étaient vert menthe, en harmonie avec la peinture des murs, de couleur identique. La prédominance de ce ton mentholé dans la pièce rappelait à Lloyd de se brosser les dents. Seules les nombreuses photos encadrées, accrochées aux murs, brisaient cette unité de vert. Il y avait l'affiche de chatons que leur fille avait dénichée en solde dans un supermarché Walmart et leur avait offerte à Noël, quand elle avait dix ans. Le diplôme universitaire de Lloyd, qui méritait sa place ici, vu que ce dernier avait l'impression d'avoir jeté l'éponge sur l'idée d'exercer un métier à la hauteur de ses années d'études. Il avait un diplôme d'ingénieur en poche et tout ce qu'il faisait, c'était de travailler au guichet d'une banque comme guichetier. Il y avait également les assiettes décorées de sa femme, une aquarelle représentant un château et une photographie d'arbres en noir et blanc. Lloyd aimait particulièrement regarder ces arbres. Aussi avait-il accroché ce cadre directement en face des toilettes, à côté de celui d'une page arrachée d'un livre *Où est Charlie?*, histoire de l'occuper.

Lloyd termina son affaire et tira la chasse d'eau. Il passa ses mains sous l'eau, davantage pour ne pas avoir à supporter les reproches de sa femme que pour vraiment se laver les mains. Il se tourna et s'essuya les mains sur les serviettes vert menthe. Selon Lloyd, le porte-serviettes était installé exagérément loin de la baignoire. Maintenant, il ne pouvait que voir le trou qu'il avait laissé dans le plâtre après qu'il eut essayé, sans succès, de rapprocher le porte-serviettes. Il faudrait qu'il essaie à nouveau, au printemps.

Il ouvrit la porte et cria : « Bets! Ce serait bien que tu diminues la dose de piment la prochaine fois que tu fais un chili! »

Fin.

Arthur,

Je m'inquiétais de savoir jusqu'où tu allais aller avec ce texte, mais tu as très bien dépeint les Lloyd à travers la description de la salle de bains. C'est un peu cru, mais j'apprécie que tu te sois tenu à l'écart de la plupart des plaisanteries attendues pour te concentrer sur l'exercice demandé.

Mme Whitehead

> g pansé à 1 méga nom pour mon personnage. BLAZER

> Comme la veste? Pas fort

> mais non abruti. Comme laser et l'idée d'un blitz.

> Ah, j'ai compris. Cool!

27 novembre

Cher JL,

J'ai comme la nette impression que Kennedy m'évite. Je lui ai dit que j'étais prêt à discuter avec elle, mais chaque fois que je la vois à l'école et que j'essaie d'aborder le sujet, elle m'annonce qu'elle ne peut pas me parler et s'enfuit. J'ai pensé demander à Catie s'il y avait un problème, mais je ne pense pas qu'elle me dirait la vérité. Je ne sais pas quoi faire. D'après Luke, je devrais passer un moment seul avec Kennedy pour voir où ça nous mène. Il m'a dit que si je voyais en tête à tête Anila et Kennedy l'une après l'autre, tout s'éclairerait pour moi, car ce serait plus facile de les comparer. C'est vraiment un pro!

Sincères salutations.
Arthur Bean

De : Arthur Bean <arthuraaronbean@gmail.com>
À : Kennedy Laurel <tropmimikl@hotmail.com>
Envoyé le : 27 novembre, 21:06

Chère Kennedy,

Qu'est-ce que tu fais dimanche? Ça te dirait d'aller au parc de l'Héritage pour voir le village de Noël? J'ai deux entrées gratuites que j'ai découpées dans le journal, alors on n'aura rien à payer.

Sincères salutations.
Arthur Bean

De : Kennedy Laurel <tropmimikl@hotmail.com>
À : Arthur Bean <arthuraaronbean@gmail.com>
Envoyé le : 27 novembre, 21:49

Salut Arthur!

BIEN SÛR que ça me dirait d'aller au parc de l'Héritage!!! C'est un de mes endroits préférés! Comment tu le savais?! Sûrement parce que tu me connais très bien MDR!!

Kennedy ☺

De : Arthur Bean <arthuraaronbean@gmail.com>
À : Kennedy Laurel <tropmimikl@hotmail.com>
Envoyé le : 27 novembre, 22:00

Chère Kennedy,

Formidable!
Est-ce que ton père peut nous y conduire? Le mien
viendra nous y récupérer.

Sincères salutations.
Arthur Bean

Robert et Arthur,

Merci d'accueillir Von Ipo au club AV! Il a
manifesté de l'intérêt pour travailler sur
votre projet de zombies, et je pense qu'il
sera un excellent nouvel élément dans
votre équipe artistique. Il a une prodigieuse
expérience en réalisation de courts métrages
amateurs, et il affirme être initié aux
logiciels de montage et de conception de
films. Il participera aux réunions du club AV
à partir de la semaine prochaine.

Mme Ireland

De : Von Ipo <prochaineastwood@hotmail.com>
À : Arthur Bean <arthuraaronbean@gmail.com>
Envoyé le : 28 novembre, 18:43

Allô, Artie!

Je suis trop content de participer à ce projet. J'ai
hâte de travailler avec vous, les gars. En gros, j'écris
des films depuis que je suis né. Voilà, je tenais juste à
vous dire que je suis vraiment content de me joindre
à vous. Si vous avez besoin que je vous recommande
des films à voir qui, d'après moi, colleraient bien avec
ce que vous essayez de réaliser, dites-le-moi. Il est
fort probable que j'aie vu au moins un film de chaque
réalisateur qui s'est mis un jour derrière une caméra,
alors je suis doué pour faire des suggestions.
J'ai d'ailleurs des propositions à vous soumettre pour
mon personnage; je me disais que ce serait mieux
s'il avait un sombre passé, dans le genre « mon père
était un chasseur de zombies et se serait fait tuer par
l'un d'entre eux quand j'étais enfant », ou bien « ma
sœur jumelle est devenue une zombie et je me sens
coupable parce que c'est moi qui l'ai entraînée dans
leur repaire ». Je suis aussi d'avis que mon personnage
devrait être le leader du groupe militaire. Je suis
dans les cadets de l'Armée, et ce depuis que je suis
assez grand pour faire partie de ce groupe de jeunes
volontaires, donc je suis pratiquement déjà un soldat.
Je pourrais réaliser moi-même mes cascades, vu ma
forme physique et ma souplesse.
D'ailleurs, je peux sauter par-dessus n'importe quoi en
partant de la position accroupie.

Von

Si tu voyais le courriel exaspérant que vient de m'envoyer Von. On peut l'exclure du film avant que j'en fasse un zombie?

donne lui sa chance. il était dans Roméo & Juliette avec moi l'année dernière.

il é plutôt drôle. en + il sait surement mieux utiliser la caméra que nous.

J'en doute. Et je pense qu'on n'a pas intérêt à lui montrer la caméra. Je parie qu'il nous dénoncerait.

Surtout qu'il doit déjà sûrement avoir la meilleure des meilleures caméras qui existent au monde. LA MEILLEURE.

dans ce cas on a pas besoin de l'autre.

Je faisais de l'humour.

c telement drôle que g oublié de rire.

De : Von Ipo <prochaineastwood@hotmail.com>
À : Arthur Bean <arthuraaronbean@gmail.com>
Envoyé le : 29 novembre, 08:04

Salut, Artie!

Tiens, une autre idée pour toi! Tout bon film doit
contenir une histoire d'amour. Je pense que mon
personnage a certainement grandi à côté d'une fille,
mais nous avons perdu le contact. On se revoit et
on tombe à nouveau amoureux. Sauf qu'elle meurt
à la fin. C'est toujours comme ça dans les bons films
d'action. Je les ai pratiquement tous vus, alors je sais
comment écrire de bons dialogues et des histoires avec
d'incroyables rebondissements.

Von

Salut, Arthur! Et si nous allions au
parc de l'Héritage, samedi? Ils ont
installé un magnifique décor de Noël
dans la vieille ville. Si tu ne l'as jamais
vu, c'est magique! XOXO

En plus, j'ai découpé un bon pour
deux entrées gratuites. Ça nous
fera plus d'argent pour acheter un
chocolat chaud et des sucreries…
XOXO Anila

Pourquoi pas? Tes parents peuvent
nous y conduire?

30 novembre

Cher JL,

J'ai suivi les conseils de Luke et je vois Anila
samedi et Kennedy dimanche. En plus, on va faire
exactement la même chose chaque fois. Je serai
sûrement en mesure de prendre une décision
après avoir fait la même activité avec les deux!
Pour info, avec Kennedy, on se voit juste entre
amis. D'ailleurs, c'est Anila que je vois la première,
ça compte pour quelque chose, non! Et puis, je ne
risque pas de tomber sur elle là-bas, dimanche
(qui irait deux fois au parc durant le même week-
end?), donc elle ne saura pas que j'ai vu Kennedy.
Je n'ai pas envie de l'inquiéter ou qu'elle soit
jalouse ou qu'elle se fâche. Ce n'est pas comme si
je la trahissais. Avec Kennedy, on va simplement
se balader et discuter.

Sincères salutations.
Arthur Bean

DÉCEMBRE

2 décembre

Cher JL,

Quel week-end d'enfer! Je suis allé au parc de l'Héritage hier avec Anila. Ça m'a donné l'occasion de découvrir tous les meilleurs coins. Comme ça, aujourd'hui, j'ai pu montrer à Kennedy tous les trucs chouettes. Elle a été très impressionnée que je connaisse le parc aussi bien!!! En plus, j'avais acheté des tickets pour Anila et moi pour faire la fameuse balade sur un chariot rempli de paille, mais comme nous avons manqué de temps, j'ai utilisé les tickets avec Kennedy. Je suis certain qu'elle s'est dit que j'étais un gars super attentionné, pensant que je les avais achetés à l'avance. Si seulement elle savait!

Mais ce n'est pas le meilleur, JL. Le meilleur c'est que j'ai embrassé Kennedy!!!

Quand nous sommes arrivés sur les lieux, je ne savais pas s'il fallait que j'évoque le fait qu'elle avait dit qu'elle m'aimait bien, ou si elle-même allait l'aborder. Je crois qu'elle aussi hésitait sur le comportement à tenir. On se promenait entre les vieilles maisons et les boutiques, tout en regardant les décorations de Noël, sans vraiment se parler. L'ambiance entre nous devenait bizarre, alors j'ai commencé à lui donner des informations sur le parc et le vieux village, mais elle m'a interrompu pour m'annoncer qu'elle avait froid. Je lui ai proposé d'aller prendre un chocolat chaud, mais elle a répondu que c'était à moi de la réchauffer.

J'ai demandé comment et elle m'a pris dans ses bras. Du coup, nous avons arrêté de marcher (parce que c'est plutôt compliqué d'enlacer quelqu'un tout en continuant à avancer). Puis Kennedy a légèrement reculé et elle m'a dit : « Est-ce que tu comptes m'embrasser? » Je ne savais pas quoi répondre, alors j'ai déclaré : « Je n'en ai aucune idée. C'est que j'ai une petite copine. » Et Kennedy a ajouté : « Je suis au courant, mais c'est si romantique, ici. »

Et c'était FOU. Tellement romantique. Et tout était parfait. J'ai complètement oublié Anila. Nous nous sommes embrassés. Puis, nous avons traversé le parc en nous tenant par la main (enfin la mitaine). Nous avons aussi circulé sur le chariot le long du réservoir et bu un chocolat chaud. Nous étions ce genre de couple à qui les gens sourient parce que nous étions si amoureux. J'avais envie de l'embrasser à nouveau, mais je n'en ai pas eu l'occasion, vu que mon père nous attendait déjà à la sortie du parc.

Je n'ai aucune idée de ce que je vais faire en ce qui concerne Anila, maintenant, mais pas question de m'inquiéter pour quoi que ce soit aujourd'hui, parce que J'AI EMBRASSÉ KENNEDY!!!

Sincères salutations.
Arthur Bean

2 décembre, bon, en fait, 3 décembre

Cher JL,

Je n'arrive pas à dormir. Pour deux raisons. La première est que je me sens plutôt mal d'avoir embrassé Kennedy alors que je sors avec Anila. Les bons gars ne se comportent pas de cette façon. Et je déteste me sentir coupable. La seconde raison est que je n'arrête pas de penser à Kennedy et au moyen de l'embrasser à nouveau. Je ne sais pas comment je vais me comporter demain à l'école, si elle ne me lâche pas!

Peut-être que je devrais quand même garder mon week-end de libre si jamais Kennedy veut qu'on sorte à nouveau ensemble. Ou alors je devrais plutôt la rendre jalouse et lui dire que je suis occupé. Je ne sais pas ce qui est le mieux.

Je ne peux pas en parler à Robbie. Il le gérera super mal s'il apprend que Kennedy est amoureuse de moi. L'ambiance est devenue trop bizarre entre eux depuis leur dispute. Ça empire de jour en jour. Je suis convaincu qu'il se dira que j'ai basculé dans le camp de l'ennemi. J'ai vraiment essayé de ne pas me mêler de leur dispute, parce qu'en fait Robbie est mon meilleur ami, maintenant. C'est étonnant à dire, parce que j'ai l'impression qu'il pourrait me frapper à n'importe quel moment. Enfin, pas qu'il me frappe, mais qu'il arrête d'être mon ami et qu'il recommence à se moquer de moi. Surtout en ce moment, avec tout ce qui se passe avec sa mère. Je me suis renseigné sur le temps que ça prenait pour juger un dossier de garde d'enfants, et tout ce que j'ai trouvé indiquait des mois, voire des années. Ce n'étaient que des témoignages d'Américains, alors c'est peut-être plus rapide au

Canada. Ça doit être horrible, de ne pas savoir ce que manigancent tes parents. Une chose est sûre, jamais les miens n'auraient divorcé ou se seraient même séparés. Ils étaient trop bizarroïdes pour cela.

Sincères salutations.
Arthur Bean

Allô Artie,

Dans la prochaine édition, nous nous intéresserons aux vacances d'hiver, et j'espère que nos enthousiastes journalistes (comme toi!) ont des idées d'activités auxquelles les élèves pourraient participer durant ces vacances. Si tu as une suggestion pour un article mettant de l'avant une chose à faire en ville qui serait susceptible d'intéresser les autres élèves, tiens-moi au courant!

M. E.

▶▶ ▶▶ ▶▶

ÉCOLE DE ZOMBIES

D'Arthur Bean et Robbie Zack
et Von Ipo

Prise de notes de la réunion de production du 4 décembre

Concentrez-vous sur l'élaboration d'un conflit central dans votre film. Quel est l'élément moteur de l'histoire que vous racontez? Merci de rendre compte de l'opinion de chacun et d'établir la liste des choses à se rappeler pour la prochaine réunion. – Mme Ireland

RÉCAPITULATIF DE LA RÉUNION :
Clairement, le conflit central est celui où l'ABG doit vaincre l'armée des professeurs zombies tout en combattant en même temps les ZAP, et peut-être même des loups-garous, et des extraterrestres si nous trouvons le moyen de les mettre en place. Au même moment, une lutte interne aura lieu au sein de l'ABG causée par un nouveau membre qui s'impose, mais dont personne ne veut. En plus, un des Bons Gars se fait kidnapper par les ZAP et divulgue des informations secrètes sous la torture. Du coup, l'ABG et les ZAP s'affrontent et un des Bons Gars meurt. Une taupe est également présente au sein de l'ABG, mais il n'a l'occasion de les trahir qu'une fois, car après il meurt au cours d'un combat avec un zombie. Ensuite, il y a une scène où l'ABG doit le tuer, car il est devenu un zombie, bien qu'il a été un des leurs.

À NE PAS OUBLIER :
Les ZAP devraient être un groupe de vampires!
– VI

C'est l'idée la plus nulle que j'ai entendue depuis un moment. On fait un film sérieux. Et les vampires n'ont pas leur place dans un film sérieux. – AB

artie a raison. on fait pas une comédie romantic.
– rz

Nous ne pouvons pas inclure toutes les créatures mythiques qui ont été imaginées à ce jour. Ensuite quoi? Des centaures? Des hippogriffes? – AB comic venant de toi. tu veux mettre des extraterrestres PARTOUT. – rz

Je parie que je pourrais obtenir que mon père nous loue une grue. Il est très ami avec le type qui a construit toute l'université. – VI

Se rappeler d'amender les recommandations du club AV concernant la location de grue.
– Mme Ireland

RECOMMANDATIONS DU CLUB AV - MODIFIÉ N°3
1. Tout élève peut participer au club AV.
2. Tout matériel doit être réservé et nécessite une signature au moment de son utilisation et de son retour.
3. Amusez-vous!
4. On ne peut filmer que dans les espaces autorisés de l'école. Aucun tournage ne peut avoir lieu dans les endroits interdits aux élèves, comme le sous-sol, le toit et la salle du personnel.
5. Aucune arme à feu ne figurera dans le film, et la présence de quelque autre arme sera réduite à son minimum.
6. Tout matériel doit être fourni par les élèves ou par la section théâtre. Toute demande de matériel additionnel doit passer par les administrateurs du club AV.

De : Von Ipo <prochaineastwood@hotmail.com>
À : Arthur Bean <arthuraaronbean@gmail.com>
Envoyé le : 4 décembre, 17:04

Salut, Artie!

Super réunion aujourd'hui! J'ai hâte qu'on commence
à tourner! Je suis également totalement prêt à aider
à réaliser les scènes dans lesquelles je ne joue pas.
Je comprends parfaitement les difficultés liées à
l'acte de filmer. En fait, je suis un amateur expert. J'ai
aussi déjà fait des montages. Mes frères et moi avons
probablement mis en boîte plus d'une centaine de
films que nous avons envoyés à une émission de vidéos
drôles. On a véritablement failli gagner, une fois. Ils
nous ont contactés pour nous dire que notre vidéo
amateur était la plus drôle qu'ils aient visionnée en plus
de dix ans. On n'a pas remporté le prix parce que nous
n'étions pas majeurs. Mais ils nous ont affirmé qu'on
aurait gagné au moins une dizaine de fois tant nos
vidéos étaient drôles. Je peux aussi vous aider avec les
effets spéciaux. Pendant mon temps libre, je m'amuse
à faire de l'animation numérique, et en gros, je suis
quasiment capable de créer ce que je veux. Alors si t'as
besoin que l'école explose, c'est dans mes cordes, sans
problème!
    Tiens-moi au courant. Je serais ravi de passer du
temps avec toi pour te montrer deux ou trois trucs sur
mon ordi, si tu as envie d'apprendre comment les pros
utilisent une caméra. On risquera moins que le film ait
l'air amateur.

Von

▸▸ ▸▸ ▸▸

De : Arthur Bean <arthuraaronbean@gmail.com>
À : Kennedy Laurel <tropmimikl@hotmail.com>
Envoyé le : 6 décembre, 16:20

Chère Kennedy,

Cette semaine, pour l'article du journal, je parle du parc de l'Héritage. On a passé un si bon moment, là-bas! Je parie que personne n'est au courant que tu peux obtenir deux chocolats chauds pour le prix d'un si tu en commandes un grand avec deux tasses! Et certainement que personne ne sait qu'on peut se glisser à deux sur l'unique siège à l'avant du chariot de paille à côté du conducteur si on s'assoit très proche l'un de l'autre. Ça te dit qu'on l'écrive ensemble? On pourrait rédiger un bel article.

Sincères salutations.
Arthur Bean

De : Kennedy Laurel <tropmimikl@hotmail.com>
À : Arthur Bean <arthuraaronbean@gmail.com>
Envoyé le : 6 décembre, 23:41

Salut Arthur,

J'ai beaucoup pensé à toi ces derniers temps, et je voulais te dire un truc!
    D'abord, j'ai passé un EXCELLENT moment en ta compagnie au parc de l'Héritage le week-end dernier! Mais je sais que tu as une copine et je n'ai pas l'intention que vous rompiez à cause de moi! Je n'aurais pas dû t'embrasser! Je le souhaitais, pourtant, mais je me sens très MAL maintenant! J'aurais dû t'en parler en personne! Je t'aime BEAUCOUP, mais c'est mieux si on reste amis, OK?!
Kennedy ☺

De : Anila Bhati <anila.i.bhati@gmail.com>
À : Arthur Bean <arthuraaronbean@gmail.com>
Envoyé le : 7 décembre, 18:09

Salut, Artie!

J'aimerais beaucoup te voir demain, ou dimanche.
Tu me manques terriblement. J'ai adoré ce moment au
parc de l'Héritage le week-end dernier. Cela a rendu
évident mon immense désir d'être tout le temps avec
toi. Ne le souhaites-tu pas, toi aussi? Si seulement nous
allions à la même école… peut-être que je devrais
profiter des vacances d'hiver pour organiser mon
transfert dans ton école, comme ça on se verrait tous
les jours. Ce serait merveilleux, non? Et je pourrais
alors être dans ton film, aussi! Sauf que je n'habite
probablement pas dans le bon secteur.
Dire que des frontières imaginaires nous tiennent
éloignés l'un de l'autre!

XOXO
Avec amour,
Anila

De : Arthur Bean <arthuraaronbean@gmail.com>
À : Anila Bhati <anila.i.bhati@gmail.com>
Envoyé le : 7 décembre, 18:30

Chère Anila,

Je crois que tu détesterais mon école. Les enseignants
font usage de tellement de papier et je parie que la
moitié d'entre eux ne recyclent pas.
Mais c'est dommage. Ce serait chouette de t'avoir dans
le film. Je ne pense pas pouvoir passer du temps avec
toi ce week-end. J'ai beaucoup de devoirs, et en plus
j'ai promis à Robbie de travailler sur le film. Nous avons
beaucoup à faire si on veut commencer à le tourner l'an
prochain!
Mais tu me manques, tu sais. Je t'appelle demain!

Sincères salutations
Arthur Bean

De : Arthur Bean <arthuraaronbean@gmail.com>
À : Kennedy Laurel <tropmimikl@hotmail.com>
Envoyé le : 7 décembre, 19:21

Chère Kennedy,

Je te comprends tout à fait. C'est dur de se voir, et c'est
vrai que je suis très occupé. Mais ne t'inquiète pas, je
trouverai toujours du temps pour être avec toi! C'est
très gentil que tu ne veuilles pas que je rompe avec
Anila. Je sais que cela la toucherait.
J'aimerais beaucoup passer du temps avec toi ce week-
end, si tu es libre. (Je suis censé voir Anila samedi. Elle
est très amoureuse de moi.)

Au fait, as-tu discuté avec Robbie? Il parlait de toi l'autre jour et je suis certain qu'il regrette vraiment cette querelle entre vous. Peut-être que vous pourriez à nouveau être amis. Ce serait pas mal si, en plus, on est amenés à se voir davantage!

Sincères salutations.
Arthur Bean

De : Kennedy Laurel <tropmimikl@hotmail.com>
À : Arthur Bean <arthuraaronbean@gmail.com>
Envoyé le : 7 décembre, 21:08

Salut Arthur!

PAS QUESTION que tu annules ce que tu as prévu de faire avec Anila ce week-end! Je n'ai pas du tout l'intention de me mettre en travers du GRAND AMOUR!! J'espère que tu as compris que nous n'aurions jamais dû nous embrasser! Ce n'était vraiment pas bien de notre part!
Ensuite, je ne parlerai AUCUNEMENT à Robbie! Il a été SI MÉCHANT avec moi! D'après Catie, je ne suis pas la seule avec qui il se comporte comme un abruti.
C'est quoi, SON PROBLÈME?!?

Kennedy ☺

De : Arthur Bean <arthuraaronbean@gmail.com>
À : Kennedy Laurel <tropmimikl@hotmail.com>
Envoyé le : 7 décembre, 21:14

Chère Kennedy,

Je suis désolé! Je n'aurais pas dû en parler. C'est juste

que j'ai envie que vous soyez amis à nouveau. Tu étais au courant que ses parents seront bientôt divorcés? Avant, ils étaient juste séparés. Là, ils sont en train de tout officialiser. Ça ne doit pas être évident pour lui! En plus, sa mère se comporte bizarrement et son frère reste un idiot fini. Je sais qu'il souhaite s'excuser, mais tu connais Robbie...

Et crois-moi, j'ai bien compris que nous ne sommes que des amis. J'espère simplement qu'on puisse être de grands amis!

Sincères salutations.
Arthur Bean

De : Arthur Bean <arthuraaronbean@gmail.com>
À : Anila Bhati <anila.i.bhati@gmail.com>
Envoyé le : 7 décembre, 23:06

Chère Anila,

Finalement, je suis libre ce week-end. Tu veux toujours qu'on fasse quelque chose?

Sincères salutations
Arthur Bean

ma mère va peut-être revenir vivre au canada. d'après elle mon père boss tro pour bien s'occupé de nous.

et sûr kon va devoir bouffer de la vraie nourriture à nouveau. à mon avis son copain l'a largué. sûrement parce qu'elle veut toujours tout dirigé.

Si ça se trouve, tes parents vont finir par retourner ensemble! On voit ça dans les films parfois.

pas ça! en tout cas plus qu'1 noël à passer en carolline du nord et après je me casse.

De : Kennedy Laurel <tropmimikl@hotmail.com>
À : Arthur Bean <arthuraaronbean@gmail.com>
Envoyé le : 13 décembre, 18:20

Salut Arthur!

Tu ne DEVINERAS JAMAIS ce qui m'est arrivé! J'ai eu une retenue MDR! Ça m'apprendra à demander un crayon à Fiona PENDANT un test MDR! MDR!! Ça ne s'est pas trop mal passé, en fait! Von était là, aussi. Il est arrivé en retard trois fois de suite! Il a dû promettre d'acheter un réveil MDR!! Il est trop mignon et si menu! Il me fait penser à un chiot poméranien MDR!!! En plus, il parle tout le temps MDR! Tu savais qu'il s'était déjà rendu dans une TRENTAINE de pays?!?! Sinon, Catie m'ayant fait faux bond, ça te dirait d'aller au cinéma, demain?!?

Kennedy ☺

De : Arthur Bean <arthuraaronbean@gmail.com>
À : Kennedy Laurel <tropmimikl@hotmail.com>
Envoyé le : 13 décembre, 18:28

Chère Kennedy,

Toi, avoir une retenue? Impossible. Tu es trop mignonne pour ça! Mais je n'ai aucun mal à croire à la présence de Von. Il peut vraiment être énervant, ce gars. Je parie qu'il agace tellement les profs qu'ils ne lui donnent pratiquement jamais d'heures de retenue pour ne pas avoir à le supporter plus longtemps! Je suis tout à fait d'accord pour aller au cinéma avec toi, demain soir. Je te laisse choisir!

Sincères salutations.
Arthur Bean

De : Anila Bhati <anila.i.bhati@gmail.com>
À : Arthur Bean <arthuraaronbean@gmail.com>
Envoyé le : 14 décembre, 14:02

Salut, Arthur!

Quand est-ce que tu vas me souhaiter un joyeux
anniversaire? Je ne peux pas croire que tu ne m'en aies
pas encore parlé.
Bon, j'imagine que c'est parce que tu as organisé
une surprise ce soir! (Je les détecte à un kilomètre,
demande à mes parents!)
À ce soir!

XOXOXO
Avec amour,
Anila

De : Arthur Bean <arthuraaronbean@gmail.com>
À : Anila Bhati <anila.i.bhati@gmail.com>
Envoyé le : 14 décembre, 15:23

Chère Anila,

Zut! Tu m'as démasqué! En effet, j'ai demandé à
plusieurs personnes de venir avec nous au cinéma,
ce soir! Mais beaucoup d'entre eux n'étaient pas
disponibles, et d'autres ont annulé à la dernière minute
à cause de la neige. Mais Kennedy sera là, et elle est
enchantée de te revoir. Robbie souhaitait vraiment
venir, mais sa mère est en ville en ce moment. Bref,
nous passons te chercher ce soir à 18 heures. Il est
temps de se préparer!

Sincères salutations
Arthur Bean

14 décembre

Cher JL,

C'ÉTAIT LA PIRE SOIRÉE DE MA VIE!
Clairement, j'avais oublié l'anniversaire d'Anila et j'avais déjà dit à Kennedy que j'irais au cinéma avec elle. Alors, j'ai dû me rendre avec les deux voir le même film. J'avais envie de tenter ce truc que tu vois dans les films quand tu prétends être dans la salle en compagnie d'une seule personne et que tu profites de la moindre excuse, comme aller chercher du popcorn ou filer aux toilettes pour aller t'asseoir avec l'autre personne. Mais je suis quasiment certain que c'est impossible à réussir.

Au lieu de ça, j'ai prétendu que c'était une soirée organisée pour l'anniversaire d'Anila. Mais comme je ne voulais pas que Kennedy sache que j'avais oublié sa fête, je ne lui en ai pas parlé. Kennedy a eu l'air vraiment stupéfaite quand nous avons débarqué avec mon père et qu'elle a vu Anila, assise à l'arrière de la voiture. Quant à Anila, elle semblait plutôt agacée qu'il n'y ait personne d'autre avec nous. Elles ne se sont pas adressé la parole de la soirée. Et comme la séance était complète, nous avons dû attendre une heure avant le début d'un autre film.

Je ne savais pas quoi leur dire. J'avais tellement peur qu'elles découvrent ce qui se passait réellement. Et à un moment, quand Kennedy est allée aux toilettes, Anila s'est retournée vers moi et m'a déclaré : «Je n'arrive pas à croire à quel point elle est égoïste. Elle ne m'a même pas souhaité un joyeux anniversaire!» Et il a fallu que j'approuve, parce que bien sûr je N'ALLAIS PAS lui révéler que c'était Kennedy qui avait proposé qu'on sorte ensemble ce soir et qu'elle n'était pas au courant que c'était son anniversaire! Je ne sais même pas de quoi parlait le film, j'ai angoissé pendant toute la soirée! Je suis trop content qu'elle soit terminée!

Sincères salutations.
Arthur Bean

De : Arthur Bean <arthuraaronbean@gmail.com>
À : Anila Bhati <anila.i.bhati@gmail.com>
Envoyé le : 15 décembre, 14:09

Chère Anila,

Elle n'était pas terrible, cette fête pour ton anniversaire! Je suis désolé. Je ne m'attendais pas à ce que Kennedy se comporte aussi bizarrement. Je te promets, je me rattraperai. Je suis également confus d'avoir oublié ton cadeau à la maison. Je te l'apporterai la semaine prochaine. J'espère que le reste de ton week-end d'anniversaire se passe mieux!

Sincères salutations
Arthur Bean

De : Arthur Bean <arthuraaronbean@gmail.com>
À : Kennedy Laurel <tropmimikl@hotmail.com>
Envoyé le : 16 décembre, 11:42

Chère Kennedy,

Comment s'est déroulé ton week-end? Et ton tournoi
de volley? L'avez-vous remporté? Je suis sûr que vous
avez gagné!
Je voulais m'excuser pour vendredi soir. Tout ne s'est
pas passé comme prévu, mais je me disais que ça ne te
gênerait pas trop. Anila est ma copine en ce moment et
je ne pouvais pas ne pas l'emmener. Mais je suis désolé
de ça. Je me réjouissais vraiment de ne sortir qu'avec
toi. Je me rattraperai, promis! Je vais t'offrir le meilleur
cadeau de Noël de TOUS LES TEMPS!

Sincères salutations.
Arthur Bean

De : Anila Bhati <anila.i.bhati@gmail.com>
À : Arthur Bean <arthuraaronbean@gmail.com>
Envoyé le : 16 décembre, 21:06

Cher Arthur,

Tes excuses me touchent. C'est vrai que c'était bizarre et
embarrassant comme soirée! Le reste de mon week-end
d'anniversaire ne s'est pas mieux déroulé. Nous avons
soupé à la maison et le gâteau venait du Dairy Queen
(en même temps, j'aime beaucoup les gâteaux glacés!).
En tout cas, cette année, je peux dire que mon
anniversaire était raté. Mais ce n'est pas grave, j'en aurai
plein d'autres… J'espère que tu as bien mis à profit ton
week-end. Moi, j'ai fait des recherches pendant un bon
moment et je nous ai trouvé un truc très drôle à faire

ensemble. Il s'agit de la campagne de l'Eau propre. C'est un groupe qui nettoie les rives des rivières et des lacs en ramassant les ordures sur le bord de l'eau. Cela ne commence pas avant le printemps, mais nous pourrions y aller ensemble! Tu parles d'une sortie en amoureux?!? Jouer aux éboueurs. L'idée me fait rire. J'entends déjà les remarques amusantes que tu ferais sur les différents trucs qu'on aura trouvés.
J'ai hâte de te voir ce week-end!

XOXOX
Avec amour,
Anila

▶▶ ▶▶ ▶▶

ÉCOLE DE ZOMBIES

D'Arthur Bean et Robbie Zack
et Von Ipo

Prise de notes de la réunion de production
du 18 décembre

Après Noël, nous regrouperons tous les éléments de votre film sur lesquels vous avez travaillé dans l'idée de le tourner après les vacances de Pâques. Mettez à profit la réunion d'aujourd'hui pour signaler les idées supplémentaires que vous souhaiteriez voir prises en compte, avant que ne débute le travail d'écriture du scénario.
– Mme Ireland

J'ai écrit plusieurs scènes cool pour Arnold Ledur (mon personnage) que j'ai incorporées aux notes de production! – VI

Super. Je suis certain qu'elles vont donner un souffle supplémentaire incroyable au scénario et faire de ce film le meilleur DU MONDE, parce que tu écris tellement bien. – AB

nous n'avons pas encore ajouté les loups-garous. On devrait faire ça si on veut en avoir. – rz

LES SCÈNES DE VON :
Une incroyable bataille de zombies se déroule à la cafétéria. En gros, tout le monde est mort, et les quelques Bons Gars encore vivants, serrés les uns contre les autres dans un coin, sont sur le point d'être dévorés par les zombies. Arnold Ledur (moi) a été attaqué par l'un d'entre eux et je perds beaucoup de sang. Mais je me relève et, d'un coup de pied, je décolle la tête du zombie. Les autres s'immobilisent et me dévisagent. Je leur dis : «À qui le tour?» et, pivotant sur moi-même, je les abats à coups de poing. Je me retourne vers les Bons Gars qui allaient se faire déchiqueter et je demande : «Alors... qui veut bien me payer à dîner? J'ai oublié mon portefeuille... dans la CERVELLE de ce zombie!»

Ensuite Arnold Ledur (moi) est au cœur du combat qui a éclaté dans le gymnase de l'école. Les zombies paraissent être sur le point de l'emporter, mais soudain j'ai une super idée. Je dis «Sors du gymnase! J'ai un plan!» à Mackenzie qui est amoureuse de moi. «Non, Arnold! Tu ne peux pas faire ça! S'il te plaît, non! Pense à nous, Arnold!!!!» Elle sanglote et m'agrippe le bras, tandis que de l'autre, j'écarte des zombies. «Je n'ai pas le choix, bébé. Mais souviens-toi que je t'aime.»

J'attends que tous les zombies se soient regroupés dans le gymnase et qu'ils s'approchent de moi. Alors je sors mon arme secrète et je hurle «YOLO!!!!» et j'appuie sur le bouton d'autodestruction. L'école tout entière explose. La caméra se tourne sur Mackenzie, que le souffle de l'explosion propulse dans les airs, mais qui atterrit en douceur sur un tas de paille. «Il a réussi...» murmure-t-elle. Puis elle sourit, le visage baigné de larmes. «Il a vraiment réussi.» La caméra recule au-dessus de la ville, et le soleil se lève (parce qu'avant, il pleuvait).

Générique.

18 décembre

Cher JL,

Je n'arrive pas à me décider entre Kennedy et Anila. Anila est si gentille et j'aime discuter avec elle. Et elle m'aime, beaucoup. Je n'ai pas envie de la blesser en la quittant. Si seulement ma mère était là. Elle saurait m'aider à me comporter comme il faut. J'ai essayé d'imaginer ce qu'elle me dirait, mais je n'en ai aucune idée, désormais. Comme si j'avais oublié le type de conseils qu'elle me donnait. De toute façon, JL, je ne peux même pas sortir avec Kennedy. Du moins pas tant qu'elle et Robbie sont en chicane. J'ai besoin qu'ils surmontent leur stupide dispute et se réconcilient, comme ça, je pourrais être avec elle.

Je suis pris entre les deux. Mais s'ils se parlaient, alors Kennedy pourrait jouer dans le film, et du coup je serais en mesure de lui parler de la caméra que nous avons empruntée et qui est cachée dans mon armoire. Au lieu de ça, Robbie l'agresse chaque fois qu'il se retrouve en sa présence, et Kennedy et Catie ripostent en retour. C'est principalement Catie qui réagit la première, mais Kennedy participe aussi. J'ai demandé à Luke ce que je devrais faire, mais il n'en a aucune idée. J'imagine que j'ai toutes les vacances de Noël pour trouver le moyen de leur faire enterrer la hache de guerre.

Sincères salutations.
Arthur Bean

▶▶ ▶▶ ▶▶

CHOSES À FAIRE À NOËL : CHARIOT DE PAILLE ET CHOCOLAT CHAUD AU PARC DE L'HÉRITAGE

D'Arthur Bean

À la recherche d'idées pour que le temps des Fêtes de votre bien-aimé(e) soit exceptionnel, cette année?

Il existe un grand nombre de possibilités à Calgary! Il n'est pas juste question de centres commerciaux et de soldes pendant ces vacances, mais aussi de passer du temps avec les gens qu'on aime.

Votre journaliste est allé voir ce qu'avaient à offrir les festivités de Noël au parc de l'Héritage. Et qu'a-t-il trouvé? Un pays de merveilles enneigé dont ne sauraient se moquer même les cœurs les plus cyniques. Un lieu de balades en chariot, d'artisanat, de maisons en pain d'épice à admirer et de chanteurs de cantiques de Noël, le tout créant une ambiance festive dans le vieux village historique. Sans oublier le chocolat chaud si goûteux, bien qu'un peu coûteux pour votre journaliste qui pense qu'il devrait être gratuit.

Dépêchez-vous d'y aller; c'est le dernier week-end où c'est ouvert.

Pour que cette journée vous coûte encore moins cher, vous trouverez des coupons « 1 place pour 2 » dans le journal (pas celui-ci, dans un *vrai* journal) ou en ligne.

Allô Artie!

C'est excellent! Je suis enchanté que tu te sois régalé là-bas. Et tu t'en es bien sorti pour décrire ce à quoi peuvent s'attendre les lecteurs s'ils décident de se rendre sur les lieux. Un excellent article supplémentaire pour la dernière édition du journal avant les vacances (au fait, nous sommes un vrai journal, inutile de nous dévaluer!).

Passe de bonnes vacances, à moins bien sûr, que tu ne sois Saint-Nicolaphobe!

Ciao!
M. E.

De : Von Ipo <prochaineastwood@hotmail.com>
À : Arthur Bean <arthuraaronbean@gmail.com>
Envoyé le : 19 décembre, 16:52

Allô, Artie!

Et voilà, j'ai de nouvelles scènes en boîte! Celles-là m'ont à peine pris 5 minutes à écrire. Et en plus maintenant, je peux demander aux profs de participer au film. Ils feraient de très bons loups-garous. Ce serait incroyable. Et je suis très doué pour transformer les gens en animaux. J'ai fait partie d'une troupe de théâtre quand j'étais petit, et en gros, c'est moi qui maquillais tout le monde, alors je suis très bon pour transformer les gens en animaux. Si tu es partant pour que les profs jouent dans le film, et comme je suis fondamentalement leur élève préféré, je suis certain que si je leur demande de participer au tournage, ils accepteront.

Ça te dit qu'on se voie pendant les vacances? Je peux apporter mon ordinateur portable et te montrer le logiciel dont je t'ai parlé!

Von

De : Anila Bhati <anila.i.bhati@gmail.com>
À : Arthur Bean <arthuraaronbean@gmail.com>
Envoyé le : 20 décembre, 09:02

Cher Arthur,

C'était super de passer la soirée ensemble, hier! J'ai adoré le documentaire. Pas toi? Du moins, les parties que tu as regardées? C'était trop mignon de te voir tomber de sommeil! C'est la première fois que tu t'endors pendant une séance de cinéma. Tu devais être réellement fatigué.

Au fait, merci encore pour le bain moussant. J'aime beaucoup l'odeur de pamplemousse. Tu n'étais pas obligé de m'offrir un cadeau pour Noël, mais c'est mignon de ta part. J'aurais tant souhaité pouvoir sortir avec toi pendant les vacances, sauf que je pars faire du ski de fond avec mes parents. Je suis quand même là jusqu'au réveillon de Noël, alors on pourrait peut-être se voir avant!!

XOXO et amour pour toujours,
Anila

De : Kennedy Laurel <tropmimikl@hotmail.com>
À : Arthur Bean <arthuraaronbean@gmail.com>
Envoyé le : 22 décembre, 10:03

Salut Arthur!

Je voulais juste te souhaiter un Noël fantastique! Nous
partons pour Whistler aujourd'hui, la fameuse station
de sports d'hiver! Je suis certaine que ça va être génial.
Mais j'espère que toi aussi tu vas t'amuser! Je me doute
que Noël peut être une période difficile sans ta mère,
alors je voulais te dire que je penserai à toi quand je
serai sur les pistes!

Kennedy ☺

De : Arthur Bean <arthuraaronbean@gmail.com>
À : Kennedy Laurel <tropmimikl@hotmail.com>
Envoyé le : 22 décembre, 14:25

Chère Kennedy,

Merci beaucoup! Ça me touche vraiment ce que tu
m'as écrit. À mon avis, ce Noël devrait mieux se passer,
sachant que tu penseras à moi de si loin! Et il ne fait
aucun doute que je penserai à toi, moi aussi!

Sincères salutations.
Arthur Bean

en route pour la carolline du nord, ça va être tro NUL. avance pas tro sur l'écriture du film sans moi.

Si ça se trouve, je vais tellement m'ennuyer que je vais le terminer. Évite de tuer ton frère. Il paraît qu'ils ont la peine de mort, là où tu vas.

je garanti rien.

Je vais essayer de rapporter la caméra au camp, pendant les vacances. Ils n'auront qu'à dire après qu'il s'agit d'un miracle de Noël. Juste pour que tu le saches.

ha ha. et comment tu vas aller là-bas? sur le pouce avec le père noël???

N'importe quoi. En espérant que tu t'ennuies aux États-Unis!

pas de prob.

22 décembre

Cher JL,

Je vais passer un Noël pourri, c'est sûr. J'aurais tellement aimé que Kennedy et Robbie soient là. Et puisque je souhaite des trucs impossibles, j'aurais tellement aimé avoir un million de dollars. Si j'avais un million de dollars, mon père et moi pourrions partir à Whistler ou à Hawaï, comme tout le monde. Si seulement il pensait à moi pour une fois. S'il mettait un terme à cette stupide dispute avec tante Deborah, nous pourrions nous rendre à Edmonton. Au moins, je serais avec Luke. Et j'aimerais remettre la caméra à sa place, puisque j'en suis à souhaiter des choses insensées.

Sincères salutations.
Arthur Bean

De : Anila Bhati <anila.i.bhati@gmail.com>
À : Arthur Bean <arthuraaronbean@gmail.com>
Envoyé le : 23 décembre, 19:19

Cher Arthur,

J'étais si heureuse de te voir aujourd'hui! Nous avons englouti tous les biscuits que tu as apportés. Ils étaient délicieux. C'est toi qui les avais préparés? Ma sœur en a tant mangé que j'ai dû lui cacher les derniers pour que je puisse les savourer.
Au fait, j'ai oublié de te donner ton cadeau…
OK. Je mens. Je n'ai pas encore ton cadeau de Noël. J'ai cherché partout pourtant. Je voulais t'offrir quelque chose de parfait. Tu comptes tellement, pour moi. J'ai pensé t'écrire un poème ou une histoire, mais chaque fois que j'ai essayé, j'ai trouvé mon texte ridicule ou enfantin. Je ne sais pas rédiger des poèmes comme tu le fais. Tu es si créatif et incroyable, Arthur. Et je me sens si mal de ne rien t'avoir offert pour Noël! Je suis désolée d'être la petite amie la plus nulle du monde.

Amour pour toujours,

Anila

De : Arthur Bean <arthuraaronbean@gmail.com>
À : Anila Bhati <anila.i.bhati@gmail.com>
Envoyé le : 23 décembre, 20:21

Chère Anila,

Je suis content que tu aies aimé les biscuits. Je les ai préparés avec Nicole et son petit ami. Dan est chef dans un restaurant à la mode, c'est lui qui a pratiquement tout fait. Nicole et moi avons juste mangé la pâte.
Je n'ai pas besoin que tu me fasses de cadeau simplement à cause d'un jour stupide dans l'année. En plus, je n'aime pas Noël! Ton courriel était si gentil, c'était tout ce dont j'avais besoin comme présent. Passe de bonnes vacances à Banff. On se voit à ton retour.

Sincères salutations
Arthur Bean

P.-S. : Tes poèmes sont excellents. Ils ne sont pas nuls du tout.

De : Von Ipo <prochaineastwood@hotmail.com>
À : Arthur Bean <arthuraaronbean@gmail.com>
Envoyé le : 25 décembre, 10:41

Salut, Artie!

Joyeux Noël, mon ami! Comment se passent tes
vacances? Moi, en gros, je joue au hockey tous les
jours, surtout que nous avons un tournoi important
entre Noël et le jour de l'an. Non pas que j'aie besoin
de m'entraîner, mais c'est bon pour l'équipe que tout le
monde soit là, vu qu'en plus on peut dire que c'est moi
le capitaine. Tu devrais vraiment venir nous voir jouer si
jamais tu te tournes les pouces pendant tes vacances.
C'est comme la Ligue nationale de hockey, mais
évidemment on est plus petits. ☺
Sinon, je sais que Robbie est absent, mais je pensais
que toi et moi nous pourrions nous retrouver pour
continuer l'écriture du film. Pourquoi tu ne viendrais pas
chez moi? Ma mère nous fera à dîner et nous, on écrira
et on jouera à des jeux vidéo.
Tiens-moi au courant. J'ai d'excellentes idées sur ce qui
devrait se passer par la suite dans notre film!

Von

25 décembre

Cher JL,

J'avais raison. Je déteste Noël. Ça a
commencé avec Pickles qui a vomi partout dans
la cuisine et moi qui ai dû nettoyer. Si ça se
trouve, elle s'est aventurée à grignoter le sapin.
Puis nous avons ouvert les cadeaux, et papa a
essayé de paraître ravi, mais ça sonnait faux.

Il m'a offert une console Nintendo GameCube, alors que je hais les jeux vidéo. Je les trouve ennuyeux. J'y joue seulement avec Robbie, parce que la plupart du temps il ne veut rien faire d'autre. J'ai explosé de colère à la vue de mon cadeau. J'ai crié après mon père et je lui ai dit que ce Noël était complètement nul et que nous aurions dû aller à Edmonton parce qu'au moins là-bas, j'avais de la famille. Puis j'ai ajouté que je préférais maman, et il s'est mis à pleurer et à s'excuser. Aussitôt je me suis senti super mal, mais j'étais encore très énervé, et qu'il s'excuse comme ça ne m'a pas calmé, au contraire. Après j'étais surtout en colère contre moi-même de l'avoir blessé ainsi le jour de Noël. Mais je ne savais pas comment m'excuser, JL. J'ai simplement déclaré que j'étais désolé. Après nous avons passé la journée à nous éviter, mais je l'ai quand même entendu au téléphone avec tante Deborah, et on aurait dit qu'ils s'excusaient. Du coup, peut-être que je verrai bientôt Luke.

Je sais que mon père fait des efforts incroyables pour ressembler à maman, mais il ne s'en sort pas très bien. Je crois que j'aimerais surtout qu'il arrête et qu'il se comporte à nouveau comme mon père.

Sincères salutations.
Arthur Bean

De : Von Ipo <prochaineastwood@hotmail.com>
À : Arthur Bean <arthuraaronbean@gmail.com>
Envoyé le : 28 décembre, 12:40

Allô, Artie!

Ça te dirait de venir à la maison? J'ai eu des trucs sensationnels à Noël. Pratiquement tous les meilleurs jeux vidéo de l'année. Il y en a qui ne sont même pas encore sortis en Amérique du Nord, je crois. Ils sont vraiment chouettes, mais certains sont encore mieux quand on y joue à plusieurs.

Von

28 décembre

Cher JL,

Ce sont sûrement les vacances de Noël les plus longues de tous les temps. J'ai lu un nombre incroyable de livres et j'ai même cherché des choses qu'on pourrait inclure dans le film.

Robbie devrait aimer certaines de mes nouvelles idées. En tout cas, je l'espère. Ce film est l'occasion pour moi de montrer mes talents de scénariste. C'est important de savoir écrire dans différents genres littéraires.

Je suis content que Robbie rentre bientôt. Von n'arrête pas de m'envoyer des courriels. J'ai essayé la stratégie de «l'ignorer pour qu'il disparaisse», mais ça ne marche pas vraiment.

Je dois dire que je me sens un peu mal, parfois, de l'ignorer comme ça, mais si tu savais, JL, comme il m'énerve! Alors c'est peut-être mieux ainsi. En plus, je n'ai absolument pas envie de voir tout son matériel haut de gamme. Cela me rappelle trop que je dispose moi aussi d'un matériel dernier cri, qui n'est pas le mien.

Sincères salutations.
Arthur Bean

Nous sommes rentrés, Arthur! Tu m'as tellement manqué! Comment s'est passé ton Noël? XOXO

Bienvenue! Moi c'était plutôt des vacances ennuyeuses. Comment c'était, Banff?

Ça a été. Il n'y avait pas beaucoup de neige pour skier et ma sœur était toujours de mauvaise humeur. Mais à part ça, c'était charmant. Si on oublie combien tu m'as manqué, évidemment!

J'ai hâte de te voir! Tu viens toujours pour le réveillon du Nouvel An? Nous aurons tous mes cousins à la maison (et ils sont nombreux!).

Ma mère a déjà commencé à cuisiner pour le festin de réveillon!

Compte sur moi. Mon père dit qu'il pourra me déposer à 18 heures et me récupérer à 00 h 30. Ça te convient?

Je suis enchantée que tu fasses la connaissance de toute ma famille. Ils ont beaucoup entendu parler de toi! Je suis sûre qu'ils t'aimeront autant que moi. XOXO

chez moi

Bienvenue.

auk1 miracle de Noël?

Non, sauf si on compte mon père qui a failli trouver la caméra en cherchant une rallonge dans ma chambre, mais il ne l'a pas vue.

ça y ressemble en effé

De : Kennedy Laurel <tropmimikl@hotmail.com>
À : Arthur Bean <arthuraaronbean@gmail.com>
Envoyé le : 31 décembre, 09:14

Salut Arthur!

Comment ça s'est passé ton Noël?? Moi, c'était GÉNIAL!!! On a skié, TELLEMENT skié, et j'ai lu des livres fantastiques! Rappelle-moi de t'en parler! L'hôtel où nous logions était sympa, lui aussi! Il y avait un jacuzzi MDR! Enfin, ce qui est NUL, c'est que mon père a reçu un coup de fil et que nous avons dû rentrer à la maison pour qu'il puisse aller travailler aujourd'hui! MAINTENANT je n'ai plus aucun plan pour le NOUVEL AN! Tu veux venir à la maison pour qu'on passe du temps ensemble??

Kennedy ☺

31 décembre

Cher JL,

Je sais que je devrais aller au repas de famille d'Anila, mais j'ai vraiment envie de retrouver Kennedy. Peut-être qu'elle veut qu'on sorte ensemble, maintenant.

En vrai, ça me dit de les voir toutes les deux. Anila comprendrait que je n'y aille pas, non? Quand même, Kennedy risque d'être toute seule ce soir. Et elle m'a demandé de la rejoindre. Elle ne pensait pas qu'elle serait en ville et c'est déprimant de fêter le Nouvel An sans personne. Anila a toute sa famille avec elle. Si ça se trouve, elle ne s'apercevra même pas de mon absence. Tu vois, JL, c'est dans des moments comme ça que j'aimerais avoir un vrai jumeau...

Sincères salutations.
Arthur Bean

Salut, Anila. Je suis vraiment vraiment désolé, mais je ne crois pas pouvoir venir ce soir. Je me rattraperai une autre fois. T'en fais pas!

QUOI?! Rien de grave, j'espère? Qu'est-ce qui s'est passé?

Tout va bien, c'est juste difficile à expliquer.

Ton père a un empêchement pour te déposer? Parce que nous pouvons venir te chercher et te ramener. Je veux vraiment que tu viennes ce soir! Ça va être horrible si tu n'es pas là!

Ce n'est pas ça. Une amie est rentrée plus tôt que prévu de vacances et ça l'a vraiment déprimée. Alors, il faut que je passe du temps avec elle pour qu'elle aille mieux.

Tu vas voir Kennedy?!?!

En tant qu'AMI! Elle va très mal!

Franchement, tu ne vas pas aller à la soirée de ta petite amie parce que Kennedy est triste d'avoir terminé ses vacances plus tôt?? Je n'arrive pas à le croire.

T'es nul, Arthur! Archi nul. Si tu savais comme je suis en colère maintenant! Et super triste...

D'ailleurs je n'ai plus vraiment envie de te revoir, jamais. En fait, je crois que je ne veux plus jamais te parler. Tu es un type cruel, Arthur Bean.

Non! Je t'assure que ce n'est pas ce que tu crois. Je pensais que toi, tu comprendrais. Tu as dit toi-même que le Nouvel An était une fête idiote!

Si vraiment ça te déçoit à ce point, je peux venir chez toi si tu veux. ☺

Pas la peine. C'est fini entre nous, Arthur. Tu peux passer tout le reste de ton temps avec Kennedy maintenant si ça te fait plaisir!

De : Arthur Bean <arthuraaronbean@gmail.com>
À : Kennedy Laurel <tropmimikl@hotmail.com>
Envoyé le : 31 décembre, 17:07

Chère Kennedy,

En fait je peux passer ce soir si tu veux. J'avais un truc de prévu, mais j'ai annulé. On va bien s'amuser! Il faut juste que je prévienne mon père de me déposer chez toi à la place. J'apporte des chips. Je serai là vers 18 h 30, ça te va?

Sincères salutations.
Arthur Bean

De : Kennedy Laurel <tropmimikl@hotmail.com>
À : Arthur Bean <arthuraaronbean@gmail.com>
Envoyé le : 31 décembre, 17:17

COOL!!!! Je suis TROP contente que tu viennes!!!
18 h 30, c'est parfait!! Ma mère dit qu'on pourra
commander de la pizza si tu n'as pas déjà soupé MDR!
Tu penses qu'avec ton père vous pouvez récupérer
Catie et Jill au passage?!

Kennedy ☺

JANVIER

1er janvier

Cher JL,

Cette nouvelle année est déjà bizarre, et ce n'est que le premier jour. Je me suis rendu chez Kennedy hier soir, pour le Nouvel An, mais comme elle a passé la soirée à parler uniquement à Jill et Catie, j'ai fini sur le canapé à regarder la télé en compagnie de son frère aîné et de sa petite sœur. Elle ne m'a même pas embrassé à minuit. J'ai vraiment cru qu'elle le ferait! On faisait le décompte en regardant la boule lumineuse qui est perchée sur le toit d'un immeuble de Times Square, à New York, et qui descend le long d'un mât pendant une minute, juste avant minuit, et pile au moment où la boule s'est arrêtée, indiquant le début de la nouvelle année, je me suis retourné vers Kennedy, prêt à lui offrir le plus beau baiser de sa vie, mais elle m'a fait un câlin rapidement avant de se détourner.

Pour résumer, c'était plutôt une soirée ratée, mais je suis quand même content d'avoir eu l'occasion de retrouver Kennedy. Je crois qu'on peut dire que je l'aime. Par contre, je ne suis pas stupide au point de le lui révéler. D'abord, il faut que je me débrouille pour qu'elle devienne ma petite copine officielle. Ça ne devrait pas être si difficile que ça. Surtout que je sais que je ne lui suis pas indifférent. Alors voici ma résolution pour la nouvelle année : Je décide d'être le meilleur petit ami que Kennedy aura jamais.

J'imagine que je devrais rompre officiellement avec Anila. En même temps, j'ai bien l'impression qu'on a rompu, hier soir, mais je n'en suis pas absolument certain. Peut-être qu'elle était juste énervée. Mais si je veux être le plus fabuleux des petits amis pour Kennedy, je ne peux pas avoir deux copines en même temps. Je me laisse encore deux ou trois jours. Je ne suis pas pressé qu'Anila crie après moi.

Sincères salutations.
Arthur Bean

Allô, Robbie. Je me disais qu'on pouvait retourner la caméra par la poste, sans donner l'adresse de l'expéditeur. Personne ne saurait jamais d'où ça vient!

jamais de la vie. ça coutera trop de $.
é ça se casserra par la poste.

On peut l'emballer dans une couverture pour l'envoyer.

1 timbre vaut 1 $. Imagine le pri pour envoyé 1 caméra.

et si c'était piqué pendant le transpor?
ça arrive tout le temps. O moins on sait ou elle é.

D'accord. On la garde. Mais une de mes résolutions est de ne pas me comporter comme un délinquant. Alors on la rendra.

tu parles d'1 délinquent. on la juste emprunté pour 1 moment, c'est tout.

Salut Anila! Je voulais m'excuser, mais tu ne décroches pas ton téléphone! J'espère que tu vas bien.

Je sais que le Nouvel An ne s'est pas déroulé comme tu l'espérais. J'en suis désolé. Mais je ne suis pas convaincu que nous devrions sortir ensemble vu la distance qui nous sépare. C'est trop compliqué en dehors du camp.

En plus, je suis tellement occupé avec mon film et l'école...

Tu dois forcément te sentir triste, mais peut-être un peu soulagée aussi, comme moi. J'espère qu'on pourra rester amis. ☺

Je ne me sentirai JAMAIS soulagée. Malheureuse? Désespérée? Le cœur brisé? Tellement en colère que je pourrais littéralement t'arracher la gorge? Tout ça, je le ressens. Mais je ne suis pas soulagée d'être débarrassée de toi.

Je t'aimais tant, Arthur. Jamais je ne t'aurais cru capable de te comporter comme un tel minable.

Je suis vraiment désolé.

Arrête. Franchement, arrête.

DEVOIR : TEXTE PERSUASIF

Un texte persuasif et efficace peut convaincre votre lecteur d'une idée en particulier. Il est important de s'exercer à utiliser cette technique dans vos dissertations. Rédigez une courte composition sur l'un des sujets suivants en prenant position pour l'un ou l'autre des points de vue présentés. Assurez-vous de choisir des arguments convaincants et d'organiser votre pensée de façon à ce que les idées se suivent logiquement. Puis donnez un contre-exemple que vous contredirez dans votre argumentaire final. Choix des sujets :
– Préféreriez-vous être un vampire ou un loup-garou? Pourquoi?
– Quel est le meilleur superpouvoir à avoir? Pourquoi?
– Qu'y a-t-il de mieux à regarder : la télévision ou des films au cinéma? Pourquoi?

À rendre le 14 janvier

ÉCOLE DE ZOMBIES
D'Arthur Bean et Robbie Zack et Von Ipo

Prise de notes de la réunion de production
du 8 janvier

Je souhaiterais voir un découpage de toutes
les scènes de votre film avec l'action principale
qui caractérise chacune d'entre elles. Cela
nous occupera pour les prochaines réunions
du club AV. Veillez à noter les choses dont vous
souhaiteriez vous rappeler.
– Mme Ireland

Scène un : École
Dans cette scène, tous les élèves quittent le
bâtiment suite à une apparition de zombies dans
l'établissement. Mme Whitehead dévore un élève.

Scène deux : Maison de Blazer
Dans un montage, on voit l'ABG s'entraîner. Le
spectateur découvre les personnages principaux :
Blazer, Code-Postal et Arnold Ledur. Il y a d'autres
personnages aussi, comme les petites copines et
des membres de l'ABG.

Scène trois : Épicerie
L'ABG tombe sur les ZAP (les Zombies sont
Aussi des Personnes) alors qu'ils achètent des
provisions. Les ZAP s'opposent à l'ABG.

Scène quatre : École
Les zombies se réunissent dans le sous-sol de
l'école et s'organisent pour dominer le monde.

Scène cinq : Maison de Blazer
L'ABG s'entraîne. Un nouveau montage d'images.

Scène six : Repaire des ZAP
Les ZAP kidnappent une des petites copines de
l'ABG pour lui soutirer des informations.

Scène sept : Maison de Code-Postal
Code-Postal et Blazer établissent un plan secret
dont aucun membre de l'ABG n'est au courant.

Scène huit : Gymnase
Arnold Ledur s'entraîne.

Scène neuf : En ville
Il apparaît clairement, à travers un montage, que
l'apocalypse due à la présence de zombies
a commencé.

Scène dix : Repaire des ZAP
Un des membres de l'ABG joint les rangs des ZAP,
c'est un traître.

Scène onze : Maison de Blazer
Code-Postal et Blazer révèlent au reste de l'ABG
leur plan pour faire exploser le centre commercial
et détruire les zombies. Des essais d'explosions
sont montrés dans une séquence montée. Le traître
(Nunchucks) est présent et prend note de leur
projet pour que les ZAP puissent le saboter.

Scène douze : École
Les ZAP adressent un message secret aux
zombies. Ces derniers se tiennent prêts dans le
centre commercial.

À SUIVRE...

RECOMMANDATIONS DU CLUB AV - MODIFIÉ N° 4

1. Tout élève peut participer au club AV.
2. Tout matériel doit être réservé et nécessite une signature au moment de son utilisation et de son retour.
3. Amusez-vous!
4. On ne peut filmer que dans les espaces autorisés de l'école. Aucun tournage ne peut avoir lieu dans les endroits interdits aux élèves, comme le sous-sol, le toit et la salle du personnel.
5. Aucune arme à feu ne figurera dans le film, et la présence de quelque autre arme sera réduite à son minimum.
6. Tout matériel doit être fourni par les élèves ou par la section théâtre. Toute demande de matériel additionnel doit passer par les administrateurs du club AV.
7. Tout effet spécial concernant des explosions est expressément interdit.

De : Arthur Bean <arthuraaronbean@gmail.com>
À : Kennedy Laurel <tropmimikl@hotmail.com>
Envoyé le : 8 janvier, 19:04

Chère Kennedy,

J'ai pensé que je devais t'apprendre qu'Anila et moi
avons rompu. Nous n'étions pas faits l'un pour l'autre.
Cette impression, je pense, était mutuelle.
Alors si tu veux qu'on se voie ce week-end, je suis
complètement libre!

Sincères salutations.
Arthur Bean

De : Kennedy Laurel <tropmimikl@hotmail.com>
À : Arthur Bean <arthuraaronbean@gmail.com>
Envoyé le : 8 janvier, 22:15

Salut Arthur!

Oh NON! Je suis TELLEMENT désolée d'apprendre,
pour toi et Anila! Je trouvais que vous formiez un
couple si chouette! Nous ne devrions peut-être pas
nous voir ce week-end! Je sais que quand je me suis
fait larguer, j'ai eu besoin de me retrouver seule, avec
moi-même! En plus, nous sommes de si bons AMIS, tu
ne trouves pas?!

Kennedy ☺

Chère Kennedy,

Ne t'inquiète pas pour moi. Je ne me suis pas fait larguer! Et ça me fera plaisir de te voir à tout moment, peu importe ce qu'on fait. Ça n'a pas besoin d'être un rendez-vous romantique. Par exemple, si jamais tu te rends au centre commercial, je peux t'accompagner. Quoi que tu veuilles faire!

Sincères salutations.
Arthur Bean

▶▶ ▶▶ ▶▶

DEVOIR : TEXTE PERSUASIF TÉLÉVISION CONTRE CINÉMA

D'Arthur Bean

Tout le monde veut devenir une vedette de cinéma, mais se trompe de carrière. Travailler à la télévision est beaucoup mieux. Cela peut sembler loufoque comme idée de la part de quelqu'un qui va devenir un célèbre scénariste de film. Cependant, mon prochain film est simplement le moyen que j'ai trouvé pour percer dans le milieu de la télévision. Même Steven Spielberg travaille sur des séries télé, aujourd'hui! La télévision est plus intéressante pour les acteurs ou les scénaristes, car même si vous êtes moins payé, vous l'êtes plus souvent. Par exemple, ma première série aura trois saisons. Je négocierai un salaire d'un million de dollars par épisode. S'il y en a vingt par saison, cela me fera vingt millions de dollars sur une année!

Dans le milieu télévisuel, tu peux plus facilement te la couler douce. Les acteurs de séries sont requis sur un plateau seulement une heure par jour, et ce sur quelques mois. Au cinéma, les journées de tournage sont longues et épuisantes, tu mérites vraiment l'argent que tu gagnes.

Aussi, l'avantage de travailler pour la télévision, c'est que plus de gens te connaissent. Même les pauvres possèdent un écran. Alors tu deviens plus facilement célèbre, car un plus grand nombre de personnes savent qui tu es partout dans le monde.

Mais la télé, ce n'est pas qu'une partie de plaisir, comme dirait ma mère. En tant qu'auteur, tu dois penser à des intrigues des années à l'avance. Cela nécessite beaucoup plus de préparation en amont que pour un film.

C'est pour cela que la télévision, c'est beaucoup mieux que le cinéma. Et si je me permets de le faire remarquer, c'est parce que je travaille moi-même dans le cinéma, alors mon avis est plutôt objectif et équilibré.

Arthur,

J'apprécie la réflexion que tu as consacrée à ce devoir. Clairement, le sujet te parle. Cependant, sois sûr de vérifier tes faits : un argument percutant ne tient pas la route si ce qu'on annonce s'avère incorrect. N'oublie pas que ta conclusion doit rappeler au lecteur les arguments que tu as avancés pour défendre ton point de vue principal, tout en laissant une impression durable. Tu ne veux pas minorer ce que tu défendais en gâchant la fin.

Mme Whitehead

SOS mon gars! SOS!!!

Quelqu'un est au courant pour la caméra? Qui a découvert le vol? Tu leur as bien dit que je n'étais qu'un témoin?

Qu'est-ce qu'on va faire? Je ne peux pas quitter l'école ni m'enfuir. J'ai une copine! Ça briserait le cœur de Kennedy si je partais.

Je savais que ça arriverait! Je t'avais prévenu de ne pas la prendre! Je t'avais dit qu'ils ne s'imagineraient pas une seconde que tu l'avais juste empruntée. Elle est dans MON armoire. Qu'est-ce que je fais?? Je détruis la preuve?

NON IL S'AGIT DE MON FRÈRE. IL É EN PRISON!!!!!!!!!!

Que s'est-il passé? Qu'est-ce qu'il a fait? On l'a accusé pour la caméra?

Pourquoi tu ne réponds pas? Je DÉTESTE ENVOYER DES TEXTOS!! Je t'appelle.

16 janvier

Cher JL,

Le frère de Robbie est un délinquant! Il a été surpris en train de voler dans une boutique. Ils ont appelé la police. Robbie dit que son père a dû se déplacer et récupérer Caleb qui était enfermé dans cette petite pièce réservée aux délinquants. Un genre de cellule au fond du magasin. Je parie qu'il y avait un miroir sans tain. Je me demande s'ils l'ont interrogé comme à la télé.

Robbie est dans tous ses états parce que la direction du magasin a déclaré qu'ils allaient peut-être porter plainte. Ce n'était même pas énorme, ce qu'il a piqué. Il a pris deux paquets de portemines et un thermos. En même temps, voler c'est voler, mais au moins tu choisis un truc utile, non? D'après Robbie, Caleb n'a pas l'air de s'en faire. Il reste cloîtré dans sa chambre. Et maintenant, Robbie n'a plus le droit de sortir, alors qu'il n'a rien fait. Nous avions évoqué l'idée de travailler sur le film cette fin de semaine, mais ça ne risque pas d'arriver. Et il ne faut surtout pas que quelqu'un voie la caméra désormais. Au moins Robbie comprend enfin qu'on n'a pas intérêt à s'en servir. Si jamais ses parents ou la police apprenaient qu'il a volé une caméra du camp, ce serait la fin!

Je te tiendrai au courant pour le frère de Robbie. Il m'a fait promettre de n'en parler à personne, mais je ne pense pas que ça te concernait!

Sincères salutations.
Arthur Bean

▶▶ ▶▶ ▶▶

De : Von Ipo <prochaineastwood@hotmail.com>
À : Arthur Bean <arthuraaronbean@gmail.com>
Envoyé le : 18 janvier, 17:07

Allô Arthur!!

Comment ça va? T'as fini ton devoir de maths? J'ai
pratiquement terminé le mien pendant le cours. Si t'as
pas fini, je peux t'aider. Comme je suis le roi du calcul
mental, ça rend les choses vraiment faciles pour moi. Je
n'ai pas de hockey ce week-end, alors tu pourrais venir
chez moi et je t'apprendrai à utiliser ma caméra. Elle
est plutôt sophistiquée et tu ne trouveras pas mieux.
Steven Spielberg utilise la même, mais je suis très doué
pour apprendre aux gens à s'en servir. Nous pourrions
même commencer à tourner des scènes, si tu veux. J'ai
demandé à Robbie de passer, il a répondu qu'il était
occupé, mais que toi, tu n'avais rien à faire!

Von

> Merci beaucoup. Fallait vraiment que
> tu dises à Von que je n'avais rien à
> faire? En réalité, je suis débordé. Je
> dois voir Kennedy.

> mon gars tu délires g texté avec catie
> hier soir et elle a dit qu'elle allait au
> centre co avec k.

> Ne crois pas tout ce que raconte
> Catie. Hier, en classe, elle a dit à
> Mme Whitehead que Ben était
> tombé de son toit et s'était cassé le
> dos, alors qu'il avait juste rendez-vous
> chez le dentiste.

18 janvier

Cher JL,

Est-ce que tu crois que Kennedy se rend au centre commercial avec Catie? Pourquoi ne m'a-t-elle pas invité à me joindre à elles? Je lui ai même demandé si c'était ce qu'elle avait l'intention de faire et elle ne m'a jamais répondu.

Tu crois qu'elle m'en veut?

Je me suis cassé la tête à essayer de voir ce que j'aurais pu faire pour la contrarier, mais je n'ai rien trouvé! J'ai respecté ma résolution de nouvelle année. Je suis pas mal certain que je me suis comporté comme le meilleur petit copain, même si techniquement nous ne sortons pas ensemble. Je lui glisse un mot dans son casier tous les jours. Sur l'un d'eux, j'ai même ajouté un tas de paillettes en forme de cœur, et je sais qu'elle a ouvert le mot puisqu'il y avait plein de paillettes au pied de son casier mercredi. Elle m'a dit que je n'avais pas besoin de faire ça, que ça l'embarrassait, mais je sais qu'elle aime ces marques d'attention.

J'ai essayé de l'appeler hier soir, mais elle n'a pas décroché. J'essaierai à nouveau ce matin, et peut-être qu'elle m'invitera alors.

Robbie ne sait pas de quoi il parle. Catie ment tout le temps. Je ne comprends pas pourquoi il lui parle tout le temps et lui envoie des messages.

Sincères salutations.
Arthur Bean

Salut, Anila! Juste pour te dire qu'il y a un documentaire sur la chasse aux ailerons de requins qui, je pense, devrait te plaire.

Ça passe en ce moment. Chaîne 17.

Oh mon Dieu! Les requins se font massacrer! Tu devrais vraiment regarder! J'apprends tellement de choses.

Vraiment, je suis désolé.

kesse que JE M'ENNUI

Je sais. Moi aussi.

kesse tu fé?

Je regarde un documentaire animalier. Et si on mettait des animaux dans École de zombies! Les cochons d'Inde du club de protection des animaux pourraient être des zombies dévorant les hamsters.

OUI!! + y a de carnaje mieux c. tu savais que c'était catie qui avait créé ce club?

Je parie qu'elle ne nettoie jamais les cages. Elle doit juste câliner les trucs mignons et puis prétendre qu'elle est allergique à la sciure.

g décidé que j'allais lui demander de sortir avec moi.

Quoi? POURQUOI?

tu déconne là? elle é jolie et tout le temps en train de me parler. tu peux voir avec kenny si elle é célibataire?

Je ne vois pas vraiment comment je peux faire ça.

débrouille toi.

Allô Artie!

La bibliothèque organise une vente de livres d'occasion énorme la semaine prochaine. (La vente est énorme. Pas les livres! Enfin, je crois!) Il y aura toutes sortes de livres à la vente. Les familles peuvent encore offrir des dons de livres pour cet événement. Pourrais-tu me pondre un article pour le *Marathon*?!

Ciao!
M. E.

De : Arthur Bean <arthuraaronbean@gmail.com>
À : Kennedy Laurel <tropmimikl@hotmail.com>
Envoyé le : 23 janvier, 18:10

Chère Kennedy,

Comme je m'ennuyais aujourd'hui pendant le cours de physique, je t'ai écrit un poème. Je sais que ça fait un peu vieillot, mais je voulais quand même t'en faire part!

Quand un garçon aime une fille, il achète des friandises
Mais en cours de physique, on n'en fait pas qu'à sa guise
Je voulais t'offrir des bonbons anglais
À la place, tu trouveras ces tubes à essai!

J'espère que tu trouves ça drôle. Je me disais qu'on pourrait passer du temps ensemble en fin de semaine. Tout ce que tu proposeras me conviendra.
Au fait, est-ce que tu sais si Catie a un petit copain? Je demande juste pour un ami qui l'aime bien. CE N'EST PAS POUR MOI!

Sincères salutations.
Arthur Bean

De : Kennedy Laurel <tropmimikl@hotmail.com>
À : Arthur Bean <arthuraaronbean@gmail.com>
Envoyé le : 23 janvier, 20:04

Salut Arthur!

Est-ce que Robbie est intéressé par Catie?!?! C'est à MOURIR DE RIRE MDR!! Je me demande ce qu'elle répondrait s'il lui demandait de sortir avec lui! Catie et moi allons au centre commercial ce week-end! Si tu veux, tu peux venir avec nous!

Nous comptons récupérer des échantillons de parfum et peut-être aller voir le dernier film de Disney MDR! Que des trucs de filles quoi, mais je pense que ce sera amusant!

Kennedy ☺

De : Arthur Bean <arthuraaronbean@gmail.com>
À : Kennedy Laurel <tropmimikl@hotmail.com>
Envoyé le : 23 janvier, 20:13

Chère Kennedy,

Je serai au rendez-vous! Qu'est-ce que tu as pensé de mon poème?
Je n'ai jamais dit qu'il s'agissait de Robbie. J'ai juste précisé un ami. Mais si effectivement cela concernait Robbie, que répondrait Catie, d'après toi?

Sincères salutations.
Arthur Bean

ÉCOLE DE ZOMBIES

D'Arthur Bean et Robbie Zack et Von Ipo

Prise de notes de la réunion de production du 24 janvier

Continuez de travailler sur le découpage de vos scènes. Les projets types du club AV durent environ 7 minutes, sachant qu'un scénario, un scénario en images et des répétitions exigent du temps et des efforts. Il est préférable d'avoir un

court métrage puissant que pas de film du tout.
– Mme Ireland

Scène treize : Centre commercial
L'ABG fait face aux zombies, mais ils se sont fait
piéger dans le coin des restaurants parce que
les zombies étaient au courant de leur plan. Ils
arrivent à en exterminer un grand nombre, mais
l'ABG perd beaucoup des siens pendant la bataille
(leur mort est horrible et effroyable, celle d'Arnold
Ledur comprise). Nunchucks est aussi de ceux qui
se font tuer. Il se repent auprès de Blazer, juste
avant son dernier souffle. L'ABG apprend ainsi
que c'était lui qui a tout raconté aux zombies. Le
combat que livrent Code-Postal et Blazer contre
les zombies est épique. Quand ils se font coincer,
ils sautent par-dessus le comptoir du McDonald's
et se battent à partir de là. Code-Postal remarque
qu'il y a une autre sortie à l'arrière, et il hurle :
« Hé! Blazer! Sortons d'ici! » Et Blazer hurle à son
tour : « Mais je m'éclate! » Et Code-Postal lui crie :
« On y va! » et ils essaient de s'enfuir. Au moment
où ils franchissent la porte, un zombie agrippe
Blazer et lui arrache le bras. Blazer hurle et
s'évanouit. Code-Postal doit l'attraper et le traîner
dehors, en lieu sûr. Dans le dernier plan de la
scène, on voit les zombies en train de dévorer le
bras de Blazer.

POUR LES PROCHAINES RÉUNIONS :

Arnold Ledur ne peut pas mourir dans la scène
du centre commercial parce que je l'ai déjà intégré
dans la scène finale. – VI

Comment as-TU pu l'intégrer dans la scène finale?

Elle n'existe pas pour le moment. – AB

J'ai déjà commencé à prendre des notes pour que notre scénario soit génial! – VI

Sauf que Robbie et moi, on est des as de l'improvisation, alors pas besoin de scénario. – AB

Je croyais qu'on ajoutait des cochons d'Inde zombies. – rz

C'est vrai! Nous devrions les mettre aussi au début du film. Comme ça, ils sont là, ils meurent et ils réapparaissent. Quand on en a fini, on les rajoute. – AB

comme un présage. Génial. – rz

Pourquoi on inclut des cochons d'Inde zombies? – VI

C'est une blague entre nous. – AB

Oh, cool! J'adore ces genres de blagues. – VI

Je préfère l'idée de Von d'écrire le scénario afin d'avancer sur la réalisation. Les projets doivent être mûrement réfléchis et scénarisés pour que le tournage se déroule au mieux. – Mme Ireland

RECOMMANDATIONS DU CLUB AV - MODIFIÉ Nº 5

1. Tout élève peut participer au club AV.
2. Tout matériel doit être réservé et nécessite une signature au moment de son utilisation et de son retour.
3. Amusez-vous!
4. On ne peut filmer que dans les espaces autorisés de l'école. Aucun tournage ne peut avoir lieu dans les endroits interdits aux élèves, comme le sous-sol, le toit et la salle du personnel.
5. Aucune arme à feu ne figurera dans le film, et la présence de quelque autre arme sera réduite à son minimum.
6. Tout matériel doit être fourni par les élèves ou par la section théâtre. Toute demande de matériel additionnel doit passer par les administrateurs du club AV.
7. Tout effet spécial concernant des explosions est expressément interdit.
8. Un scénario est indispensable à la réussite d'un projet.

▶▶ ▶▶ ▶▶

DEVOIR : INTRODUCTION ET INTENTION PREMIÈRE

Tout dissertation percutante contient une ou deux phrases qui résument le point de vue fondamental de l'auteur : son intention première. De la même façon que nous l'avons appliqué en classe, rédigez un paragraphe d'introduction d'un « texte persuasif » sur l'un des sujets inscrits au tableau. Vous n'écrirez pas la dissertation en entier, mais développerez votre introduction comme si c'était le cas.

Soulignez les phrases représentant votre intention première dans le paragraphe, et précisez vos trois arguments principaux qui soutiennent cette intention. N'oubliez pas de capter l'attention de votre lecteur avec un titre accrocheur et une première phrase singulière!

À rendre le 31 janvier

25 janvier

Cher JL,

Je vais enfin passer du temps avec Kennedy en dehors de l'école, demain! Ça ne va pas être vraiment extraordinaire, mais au moins nous serons ensemble. Elle est très impatiente de me voir.

Je me dis que ce sera peut-être la première fois que les gens qui nous connaissent nous verront nous balader en couple. Je me demande si je devrais lui tenir la main. Ou bien poser mon bras sur son épaule? J'ai essayé de le faire au Nouvel An, mais je n'étais pas très à l'aise. Je ne savais pas si je devais laisser mon bras sur son épaule, alors je ne l'ai pas appuyé, mais au bout d'un moment j'avais le bras mort. J'étais donc plutôt content quand elle s'est déplacée. Pourtant je croise des gars qui s'appuient carrément sur leur copine. C'est comme le signe qu'ils sont en couple. Je veux que les gens qui nous aperçoivent ensemble moi et Kennedy pensent : «Waouh. Quel beau couple! Ils ont l'air tellement amoureux. Tu as vu comme ils se tiennent serrés l'un contre l'autre.»

Peut-être même que Catie aimera Robbie en retour et que nous aurons l'occasion de sortir ensemble, tous les quatre. Si Robbie et Catie forment un couple, je parie que Robbie et Kennedy vont se réconcilier. Alors, Kennedy et Catie joueront toutes les deux dans notre film, et rien ne pourra nous arrêter!

Sincères salutations.
Arthur Bean

≫ ≫ ≫

26 janvier

Cher JL,

Bon, en fait, c'était l'horreur de l'horreur,
cette virée au centre commercial. Kennedy ne
plaisantait pas quand elle a dit qu'elle comptait
récupérer des échantillons de parfum. Elle et Catie
ont erré dans ce magasin géant de maquillage
dont je ne connaissais même pas l'existence —
pendant 45 minutes — vaporisant l'air devant
elles et tournoyant ensuite dans les parfums ainsi
répandus. À la fin, elles ne sentaient pas très bon
et, moi, j'avais mal à la tête. Puis Kennedy s'est
fâchée quand elle m'a demandé quel parfum je
préférais et que j'ai répondu que c'était difficile à
dire vu le nombre dont elle s'était aspergée. J'ai
dû m'excuser plusieurs fois, et j'ai fini par acheter
toutes les boissons et friandises pour nous trois.
Au cas où tu te poserais la question, je n'ai même
pas essayé de mettre mon bras sur son épaule. Je
n'avais pas l'intention de respirer tous les parfums
dont elle était imprégnée. J'ai simplement marché
à côté d'elle en essayant de ne pas vomir.
Le pire, c'est quand j'ai demandé son avis à
Catie sur Robbie. Elle croyait que je plaisantais.
Quand j'ai démenti, elle a éclaté de rire en
déclarant que c'était la chose la plus drôle qu'elle
ait jamais entendue. Elle a lancé qu'elle ne
sortirait jamais avec lui parce qu'il devenait
de plus en plus gros et qu'en plus, son frère était
un minable. J'ai essayé de lui dire que Robbie était
vraiment super, mais elle ne m'écoutait pas. Elle
s'amusait avec Kennedy à l'idée que Robbie l'invite
à souper et qu'elle aurait intérêt à manger avant

qu'il n'engloutisse son assiette à elle aussi. C'était horrible. Kennedy riait aussi et je ne savais plus quoi dire, alors je me suis tu. Et j'ai fait semblant de rire parce que je ne voulais pas qu'elles me prennent aussi pour un nul. Je me suis senti tellement mal d'agir comme ça, surtout que Robbie n'est ni gros ni minable, mais son frère si. Je dois avouer que les blagues de Catie à son sujet étaient plutôt drôles.

Sauf que maintenant je ne sais pas quoi répondre à Robbie quand il m'interroge sur ce qu'a dit Catie. Peut-être que je devrais lui annoncer que Latha l'aime bien et comme ça, il oubliera Catie. Si tu savais, JL. Je croyais qu'il n'y avait que les filles qui devaient gérer ce genre de trucs!

Sincères salutations.
Arthur Bean

> catie a parlé de moi au centre co?
> kesse k'elle a dit?

> Je ne lui ai pas demandé. Je ne crois pas que tu devrais essayer de sortir avec elle.

> je suis décidé.

> Je ne crois vraiment pas que tu devrais le faire. C'est la meilleure amie de Kennedy. Tu détestes Kennedy. Si tu sors avec Catie, tu devras aussi voir Kennedy, tu sais.

trop tard. je viens de lui envoyé 1 message pour lui demander de sortir avec moi. croisons les doits!

L'OCCASION SE LIVRE À VOUS!

D'Arthur Bean

Cette semaine, la bibliothèque organise une vente de livres d'occasion de la taille de *Guerre et Paix* et qui sera aussi épique que *L'Odyssée!* Il y aura un grand nombre d'ouvrages à retirer de la bibliothèque, aussi bien des romans que des livres documentaires, alors si vous cherchez à vous procurer un jeu de *l'Encyclopedia Britannica* de 1987, soyez là de bonne heure! Ces livres, à très bas prix, ne resteront pas longtemps sur les étagères. D'excellents textes sont mis en vente, et chaque jour de nouveaux titres seront ajoutés, alors n'hésitez pas à revenir.

Soyez les premiers à réclamer vos livres préférés. Faites-moi confiance, si à quatre-vingts ans vous ne possédez pas une collection complète en bon état des Harry Potter, vous allez en vouloir fortement à votre moi plus jeune!

Tous les bénéfices de cette vente de livres d'occasion serviront à acheter des livres pour la bibliothèque. C'est une excellente cause. Notamment parce que cela permettra peut-être de remplacer la série de livres d'étude d'*Hamlet* par le *Journal d'un dégonflé!*

Et quel est l'avantage d'acheter des livres d'occasion dans une bibliothèque? Vous n'avez aucune chance qu'on vous les réclame pour avoir dépassé la date de retour!

La vente a lieu du mercredi au vendredi, pendant

l'heure du dîner et de 15 h 30 à 18 h 00.

Allô Artie!

C'est super. J'aime la façon dont tu as su doser l'humour, tout en restant enthousiaste au sujet de la vente. Je suis certain que les livres vont partir comme des petits pains. On espère que les bibliothécaires gagneront assez d'argent pour leur permettre d'avoir le cœur à l'ouvrage.
Tu comprends? Ouvrage?

M. E.

De : Kennedy Laurel <tropmimikl@hotmail.com>
À : Arthur Bean <arthuraaronbean@gmail.com>
Envoyé le : 29 janvier, 18:58

Salut Arthur!

T'es au courant que Robbie a demandé à Catie de sortir avec lui?! MDR!! Je n'arrive pas à croire qu'il ait fait une chose pareille!! Catie m'a appelée quand elle a reçu son message et elle était MORTE DE RIRE! Elle l'a montré à toutes nos amies, aujourd'hui au dîner. Qu'est-ce qu'on a ri MDR! Il avait même ajouté un selfie de lui dans le miroir de sa salle de bains, avec une cravate de son père autour du cou et un cœur fabriqué en papier. Trop bizarre! Je n'aurais JAMAIS cru qu'un jour Robbie essaierait d'être romantique MDR! J'ai PRESQUE mal pour lui, il a l'air si idiot sur la photo! Je suis soulagée que tu n'aies jamais tenté une chose pareille! Tu as bon goût, toi MDR!

Kennedy ☺

De : Arthur Bean <arthuraaronbean@gmail.com>
À : Kennedy Laurel <tropmimikl@hotmail.com>
Envoyé le : 29 janvier, 19:17

Chère Kennedy,

Je te jure que je n'ai rien à voir avec ce que vient
de faire Robbie!!! J'ai essayé de lui dire de ne pas
demander à Catie de sortir avec lui, mais il l'aime
vraiment.
La mère de Robbie rentre à Calgary en fin de semaine,
alors j'aurai pas mal de temps pour sortir! Nous étions
censés travailler sur le scénario du film sans avoir Von et
Mme Ireland sur le dos. (Elle me rend fou. Est-ce qu'elle
a aussi un millier de règles à suivre dans ton cours?)
Je vais sûrement quand même avancer dessus, mais
j'ai envie de te voir! Nous n'avons jamais l'occasion
de passer du temps ensemble, juste toi et moi! Ça te
dirait une pizza à la maison, samedi soir? Après souper,
nous pourrions regarder un film, rien que toi et moi. Tu
choisis le film, bien sûr! ☺

Sincères salutations.
Arthur Bean

P.-S. : Tu as eu les mots que j'ai mis dans ton casier
aujourd'hui? J'ai essayé de les plier comme un origami
en forme de fleur, mais je n'ai pas réussi à les faire
entrer sans les abîmer. J'aurais préféré qu'ils soient
parfaits… comme toi!

tu sé ce qui est nul. ma mère accélère sa demande de garde à cause de cet abruti de caleb.

QUOI?? Qu'est-ce que ça veut dire? Est-ce qu'elle est venue pour te ramener? En Caroline du Nord? Elle n'a pas le droit! Tu n'es même pas un Américain!

J'IRAI PAS. QUE CALEB AILLE EN PRISON.

30 janvier

Cher JL,

Je viens juste de raccrocher avec Robbie. Sa mère a pris l'avion jusqu'ici parce qu'elle pense que son père fait très mal son boulot et elle trouve que Caleb et Robbie devraient rentrer avec elle en Caroline du Nord. Tout ça parce que Caleb a piqué des portemines. Et que dire de la caméra dans mon placard? Si la mère de Robbie l'apprenait, c'est sûr qu'il devrait définitivement déménager. Il le sait, d'ailleurs. C'est sûrement pour ça qu'il parle beaucoup de Caleb. Mais je ne veux pas porter le blâme à sa place. J'ai à peine participé! En plus, on n'a pas vraiment fait exprès de la voler. Nous voulions juste l'emprunter. Ça n'a rien à voir avec le fait de voler dans un grand magasin comme Caleb. Je ne comprends pas pourquoi il a dérobé ces machins-là. Au moins, nous, nous avions besoin de la caméra!

Ce n'est pas juste! Robbie ne peut pas s'en aller. S'il partait, il faudrait que je réécrive tout le film tout seul. Ou pire, avec Von. Et si Robbie s'en va, avec qui je vais passer les fins de semaine? Il y a des limites à ce que je peux endurer comme essais de parfums avec Kennedy et ses amies. Je vais me retrouver à nouveau seul à la maison avec ce bon à rien de Pickles.

Sincères salutations.
Arthur Bean

FÉVRIER

DEVOIR : EN AVEZ-VOUS RAS LE BOL?

D'Arthur Bean

On ne parle que de ça à la télévision, et les parents abordent ce sujet avec gravité : Ne doit-il y avoir que des plats équilibrés à la cafétéria de l'école secondaire Terry Fox? Le mouvement contre la malbouffe gagne du terrain, mais il y a une autre façon d'envisager ce sujet. Jusqu'à présent, personne n'a demandé aux élèves leur avis. <u>Cette dissertation montrera pourquoi il est important que la malbouffe demeure une option à la cafétéria de l'école.</u> Beaucoup d'arguments abondent dans ce sens, mais ce texte se concentrera sur trois points essentiels en soutien à cette affirmation. C'est en donnant la liberté et l'occasion de faire des expériences aux élèves, qu'ils feront ensuite de bons choix. La science a démontré que la malbouffe rendait obèse. Eh bien si les élèves ne veulent pas devenir gros, pourquoi ne l'apprendraient-ils pas à leurs dépens? Peut-être aussi que certains ont un métabolisme qui leur permet de manger n'importe quoi. De plus, pourquoi priver les élèves du plaisir qu'ils prennent à manger ce genre de produits? Pour beaucoup de jeunes, l'école est déjà suffisamment difficile, si en plus on ne leur donne que le choix entre une soupe de lentilles et des bâtons de céleri au dîner? Le dernier point abordé dans ce texte concerne les jeux de mots que nous ne pourrons plus faire si on se débarrasse de la malbouffe.

Comment célébrer Mardi gras si le gras est banni de la cafétéria?

Arthur,

C'est joliment rédigé. Ton introduction est concise, alléchante et elle couvre tout ce qui est nécessaire. Deux de tes trois points ont un poids non négligeable. Cependant, tes remarques secondaires affaiblissent ton argumentaire.
   Si jamais tu devais traiter de ce sujet dans la dissertation finale que tu devras rédiger en classe, fais en sorte d'affermir ta position avec des faits plutôt que des jugements de valeur. Ton troisième point devrait aussi être plus fort; les jeux de mots sur la nourriture ne te mèneront pas loin. Et s'il te plaît, sois plus attentif aux dates de remise des devoirs.

Mme Whitehead

Mme Whitehead,

Je pense que vous vous méprenez sur le pouvoir des mots écrits. Je ne raconte pas de SALADES, la plupart des jeunes n'ont pas BEIGNé dans les jeux de mots, MAÏS si on les habitue, ils les SAISIRONT comme une saucisse sur un barbecue.

Je vous prie d'agréer, Madame, l'expression de mes salutations distinguées.
Arthur Bean

catie a répondu!

Il était temps. Qu'est-ce qu'elle raconte?

que je suis mignon. MDR. Clairement elle me conait mal.

C'est tout? Est-ce qu'elle dit au moins qu'elle veut sortir avec toi?

son message ne laisse aucun doute sur sa.

Je ne crois pas. Je pense que tu devrais lui réclamer une réponse précise.

bien sûr. vu que K ne sort même pas avec toi, t plutôt mal placé pour donné des conseils en relassion amoureuse.

De : Arthur Bean <arthuraaronbean@gmail.com>
À : Kennedy Laurel <tropmimikl@hotmail.com>
Envoyé le : 3 février, 12:07

Chère Kennedy,

J'ai pensé à toi ce week-end! Je me dis que suffisamment de temps a passé depuis ma rupture avec

Anila. Je me sens prêt à sortir avec quelqu'un d'autre, maintenant. Et je crois vraiment que tu devrais être cette personne! Après tout, on s'entend très bien, et je sais qu'on s'apprécie déjà.
Qu'est-ce que tu en penses?

Sincères salutations.
Arthur Bean

De : Kennedy Laurel <tropmimikl@hotmail.com>
À : Arthur Bean <arthuraaronbean@gmail.com>
Envoyé le : 3 février, 15:56

Salut Arthur!

C'est trop mignon! Tu es toujours super gentil! Mais je crois VRAIMENT que j'étais déboussolée quand je t'ai dit que je t'aimais bien! Je ne savais pas où j'en étais, il aurait peut-être mieux valu que je me taise! Je suis tellement heureuse qu'on soit amis! Je n'ai pas envie de GÂCHER ça! Je sais que ça a l'air probablement SUPER méchant, mais Catie, Jill et moi en avons parlé, et d'après Catie, il faut que je sois claire avec toi! Ne me déteste pas, s'il te plaît, OK?!

Kennedy ☺

3 février

Cher JL,

La Saint-Valentin approche, et il faut absolument que je fasse un truc énorme et romantique pour Kennedy. Peut-être que Luke aura une idée. Il en a toujours de très bonnes.

J'aime Kennedy, mais je ne pensais pas
que sortir avec elle se révélerait si difficile! J'ai
juste besoin qu'elle dise qu'elle est à moi. Je
parie que tout ça est de la faute de Catie qui lui
raconte des mensonges à mon sujet. Cette fille
est obsédée par ce que pensent les autres. Mais
une fois que j'aurai convaincu Kennedy que je lui
suis entièrement dévoué, les choses ne pourront
qu'aller mieux, et tout sera plus simple. J'espère,
en tout cas. Je ne vais pas tarder à arriver à court
de mots qui riment avec amour! (Je plaisante. Je
n'en ai plus aucun depuis le premier poème que
j'ai composé!)

Sincères salutations.
Arthur Bean

DEVOIR : L'EXPRESSION DE NOTRE GRATITUDE

Nous pensons souvent à la Saint-Valentin comme à une journée
de célébration de l'amour romantique, mais le projet sur
« L'expression de notre gratitude » est une occasion rêvée d'aller
au-delà de cette considération, et de remercier une personne
que vous aimez pour les bienfaits qu'elle vous apporte.
Vous pouvez utiliser le genre de texte que vous souhaitez.
Certains d'entre vous désireront peut-être rédiger une lettre, un
poème, voire réaliser une bande dessinée ou même composer
une nouvelle. Mettez en valeur les qualités que vous aimez chez
cette personne et remerciez-la pour les choses positives qu'elle
apporte dans votre vie. Laissez parler votre cœur!

À rendre le 14 février

▶▶ ▶▶ ▶▶

De : Arthur Bean <arthuraaronbean@gmail.com>
À : Kennedy Laurel <tropmimikl@hotmail.com>
Envoyé le : 6 février, 20:10

Chère Kennedy,

Je tenais cordialement à t'inviter au bal de la Saint-
Valentin jeudi prochain. Est-ce que tu veux bien
m'accompagner? J'achèterai ton billet d'entrée!
Bien sûr, nous irons en tant qu'amis. Je comprends
parfaitement que tu ne souhaites pas mettre en péril
notre amitié. Alors, ne la gâchons pas, et laisse-moi te
payer ton billet d'entrée au bal!

Sincères salutations.
Arthur Bean

De : Kennedy Laurel <tropmimikl@hotmail.com>
À : Arthur Bean <arthuraaronbean@gmail.com>
Envoyé le : 6 février, 21:39

Salut Arthur!

Oh! C'est trop trop mignon!
J'ai déjà PROMIS à Jill et Catie que je passerai la soirée
avec elles au bal! Faut qu'on se soutienne, entre filles
MDR!!

Kennedy ☺

De : Arthur Bean <arthuraaronbean@gmail.com>
À : Kennedy Laurel <tropmimikl@hotmail.com>
Envoyé le : 6 février, 21:43

Chère Kennedy,

C'est super que tu t'y rendes! Nous pourrons
tous passer la soirée ensemble comme ça. On se
déhanchera jusqu'au bout de la nuit. Je suis un très bon
danseur d'après Anila, alors espérons que bientôt tu
le penseras aussi! Je n'ai personne pour me déposer
là-bas. Est-ce que tu crois que ta mère ou ton père
pourrait passer me prendre?

Sincères salutations.
Arthur Bean

▶▶   ▶▶   ▶▶

ÉCOLE DE ZOMBIES

D'Arthur Bean et Robbie Zack et Von Ipo

Prise de notes de la réunion de production
du 7 février

Il est impératif que vous gardiez en tête que nous
sommes dans une école et un lieu d'apprentissage.
Assurez-vous que le contenu de votre film est
approprié pour un public d'enfants quand vous
terminez l'écriture de votre scénarimage.

– Mme Ireland

Scène quatorze : Hôpital
Blazer récupère un nouveau bras bionique.

Scène quinze : Repaire des ZAP
Les zombies débarquent dans le repaire des ZAP et
les exterminent tous, prouvant ainsi qu'ils avaient
tort.

Scène seize : Hôpital
Blazer est en train de tester son nouveau bras
quand il jette un regard par la fenêtre et voit le
repaire des ZAP exploser. Il décroche tous les
tubes et sondes qu'on lui a posés et s'enfuit de
l'hôpital.

Scène dix-sept : Égouts
Arnold Ledur jaillit des égouts où il se cachait,
pour récupérer des informations sur les ZAP. Il
s'éloigne de l'explosion en courant.

Scène dix-huit : Maison de Code-Postal
Code-Postal voit également l'explosion et
commence à empiler des armes. Pendant qu'il
fait ça, Blazer surgit sur le seuil de la porte et
Code-Postal réplique sans même relever la tête :
« T'en auras mis du temps. » Ce à quoi Blazer
répond : « Il neige. Ça m'a ralenti. » Réponse de
Code-Postal : « Je croyais que tu étais préparé
pour ce genre d'imprévu. » Et Blazer d'annoncer :
« Je le suis. » Illustration de son propos par son
bras bionique qui se transforme en pelle. « Pas
de problème pour venir jusqu'ici, c'est d'enfiler
un manteau qui a été plus difficile. » « Tu veux
dire un Blazer », rétorque Code-Postal. « Si tu ne
fais pas plus attention, réplique Blazer, après
lui avoir donné un coup, je te glisse dans une
boîte aux lettres et on verra où tu finiras, Code-
Postal ! »

NE PAS OUBLIER :

Il faut discuter avec un chirurgien pour savoir comment fonctionne un bras bionique. – AB

Ou un gars en charge des effets spéciaux. mon bras a besoin d'avoir une pelle, une arme à feu, un lanceur de grenade, des baguettes chinoises et une main normale. – rz

Parce que tu n'as pas déjà une main normale. – AB

Attention à toi. ma main est super puissante et elle peut t'étrangler comme 1 python. – rz

Je vais entrer en contact avec la ville pour voir comment descendre dans les égouts. Comme ma mère connaît le maire, il ne devrait y avoir aucun problème pour que j'y aie accès. – VI

Sois prudent. Il y a peut-être des pythons dans les égouts. Ce serait décidément trop triste si tu devais perdre la vie pendant la réalisation du film. On serait absoooolument perdus sans toi! – AB

T'inquiète pas! Je peux me trouver une machette à emporter. Ce serait bien en plus pour les scènes de zombies! – VI

Merci de vous référer à nouveau au point 5 des recommandations du club AV – Mme Ireland :

5. **Aucune arme à feu ne figurera dans le film, et la présence de quelque autre arme sera réduite à son minimum.**

Et de tenir compte de cet ajout :

8. **Un scénario est indispensable à la réussite d'un projet.**

▸▸ ▸▸ ▸▸

10 février

Cher JL,

J'ai passé la journée chez Robbie. Ses parents ont enclenché la procédure de divorce et sa mère veut la garde exclusive de ses fils. Elle croit que sans leur mère, tous les garçons échouent dans la vie.

Ça m'a profondément énervé : certains d'entre nous n'ont pas le choix! OK, mon père n'est pas tout le temps au mieux de sa forme, et nous parlons peu, mais il se débrouille plutôt bien sans ma mère, et ma vie n'est pas un échec. Je ne la connais pas, mais je déteste Mme Zack. Peut-être que si elle n'avait pas abandonné sa famille, Caleb n'aurait pas mal tourné. D'après Robbie, sa mère ne peut pas l'obliger à se rendre aux États-Unis. Comme elle doit vivre dans la même région que ses fils, elle doit choisir entre son compagnon et ses enfants. Vu qu'elle a déjà opté pour son petit ami avant, ça m'étonnerait qu'elle aille au bout de la procédure.

En tout cas, je plains Robbie.

Sincères salutations.
Arthur Bean

De : Arthur Bean <arthuraaronbean@gmail.com>
À : Kennedy Laurel <tropmimikl@hotmail.com>
Envoyé le : 11 février, 22:43

Chère Kennedy,

Est-ce que tu as eu mon courriel où je te demandais si je pouvais me rendre au bal avec vous? Mon père a un truc de yoga ce soir-là et il ne peut pas m'emmener. Je peux être prêt quand vous voulez! Dis-moi l'heure qui vous convient et je vous attendrai.

Sincères salutations.
Arthur Bean

Est-ce que tu sais si Catie se rend au bal avec Kennedy? J'ai besoin qu'on m'emmène.

aucune idé. si elle y va, t'as pas intérêt à danser avec elle!! Elle é à moi!

Ouais. Ça risque pas. C'est dommage que tu ne viennes pas.

c pas mon truc. je me dis que je devrais prendre la caméra et filmer les disputes entre ma mère, mon père et mon frère. de la vrai téléréalité. je pourrais me faire des millions avec et divorcer d'eux, à la place.

▶▶ ▶▶ ▶▶

14 février

Cher JL,

C'est nul! Je ne peux pas croire que mon père se rende à son stupide truc de yoga sans s'assurer que j'aie quelqu'un pour m'emmener à la soirée. Et que dire de Catie qui m'a ignoré à l'école aujourd'hui quand je lui ai demandé si elle pouvait me conduire. Elle est détestable. J'ai vu quand Robbie lui a parlé. Dès qu'il est parti, elle s'est tournée vers ses amis, et c'était clairement pour se moquer de lui. Ils étaient morts de rire! Je ne suis pas parvenu à distinguer ce qu'ils disaient, mais je me doute que ce n'était pas des gentillesses. J'ai essayé d'avertir Robbie que Catie n'est pas une fille gentille, mais il n'a rien voulu entendre. J'en veux à Kennedy de ne pas avoir répondu à mon courriel, ni même appelé pour me dire si elle passerait me prendre ou non. Et j'en veux aussi à Nicole d'avoir choisi la pire semaine pour s'absenter. Et pendant que j'y suis, j'en veux aussi à Mme Whitehead de nous avoir donné un devoir idiot, et à Mme Ireland de gâcher notre film, et à Von parce qu'il m'énerve puissance 100, et j'en veux à Luke de ne pas habiter ici!

Je m'en fiche. Je vais prendre l'autobus pour aller à cette soirée. Papa m'a dit qu'il pouvait venir me chercher. Je vais lui laisser un mot pour qu'il soit au courant que je suis parti, et j'y vais. Bon, je n'ai peut-être pas de fidèle destrier, mais ce soir, je serai le prince charmant de Kennedy!

Sincères salutations.
Arthur Bean

14 février

Cher JL,

Je n'aurais jamais dû me rendre à ce BAL STUPIDE!! JE N'AI JAMAIS ÉTÉ AUSSI FURIEUX DE MA VIE!!!!!!!

Sincères salutations.
Arthur Bean

▶▶ ▶▶ ▶▶

15 février

Cher JL,

Parfois, les journées pédagogiques tombent pile au bon moment, comme aujourd'hui. J'ai passé toute la matinée seul à regarder la télé et à travailler sur la fin de mon film de zombies. Et je me sens prêt, maintenant, à te raconter ce qui s'est passé hier soir au bal.
J'y suis allé en bus, et ça m'a pris des heures. Quand je suis arrivé, je pensais que ça aurait

déjà commencé, mais il n'y avait pas encore grand
monde, et je n'avais pas vraiment envie de me
présenter seul. Alors, j'ai fait le tour de l'école,
pour jeter un coup d'œil dans le gymnase sans
me faire remarquer. Je me suis mis à observer
les gens entrer, histoire de voir quand arriverait
Kennedy et prétendre que j'arrivais exactement au
même moment. Quand soudain Von a surgi à mes
côtés. Il s'est mis à me parler du film et de trucs
idiots qui m'ont fait rater l'arrivée de Kennedy. J'ai
littéralement dû le pousser pour entrer dans la
salle. Une fois dans le gymnase, Kennedy, Catie
et Jill étaient déjà en train de danser. J'ai essayé
d'attirer l'attention de Kennedy, mais chaque fois
que je me présentais devant elles, Catie se tournait
pour s'interposer entre Kennedy et moi.

J'ai fait plusieurs tentatives, mais Catie s'est
toujours arrangée pour que je reste à danser seul
dans mon coin, et Kennedy n'a rien fait pour l'en
empêcher. Finalement, j'ai arrêté d'essayer de
vouloir lui parler et c'est là que SANDY, ce babouin
demeuré qui est sorti avec Kennedy l'an passé,
est arrivé et je les ai vus discuter tous les deux,
danser, et rire avec tout un groupe. Je me suis
senti comme un vulgaire insecte rejeté sur le bas-
côté de la route. J'avais envie de partir et en même
temps, je ne voulais pas, au cas où elle viendrait
me trouver. Et puis le DJ a dit qu'il restait encore
une chanson avant la toute dernière, et Kennedy
et ses amis se sont éclipsés. Je pensais qu'ils
se rendaient aux toilettes, mais ils ne sont pas
revenus. J'étais là à fixer la porte avec cet idiot de
Von qui n'arrêtait pas de parler à mes côtés. Puis
le bal s'est terminé et mon père s'est présenté en
retard. Comme j'étais le dernier sur place, j'ai dû
aider à enlever toutes les décorations et à laver la
vaisselle qui restait. Je ne me suis jamais senti

aussi stupide, JL. Je ne sais plus quoi dire à Kennedy. Est-ce que je devrais lui parler? Pourquoi a-t-elle laissé Catie se comporter de la sorte?

Sincères salutations.
Arthur Bean

▶▶ ▶▶ ▶▶

Arthur,

Je n'ai pas récupéré ton dernier devoir d'anglais sur la gratitude. C'est le deuxième devoir de suite que tu me rends en retard. S'il te plaît, n'hésite pas à venir me parler si des choses à la maison t'empêchent de me remettre tes travaux à temps. Ce genre d'oubli ne te ressemble pas!

Mme Whitehead

▶▶ ▶▶ ▶▶

DEVOIR : Merci, Pickles

D'Arthur Bean

Chère Pickles,

   Tu es une chatte maléfique, mais merci de ne pas être partie, même après la mort de maman. Je sais que tu ne nous portes pas dans ton cœur, moi et mon père, mais tu es quand même restée. Tu m'as appris un grand nombre de choses aussi. Tu m'as appris qu'il est parfois nécessaire de faire couler le sang pour attirer l'attention (allusion

à tes coups de griffes!); que c'est normal de se
cacher quand on ne veut voir personne et que, en
général, ces personnes seront toujours là à notre
retour; qu'il est parfois nécessaire d'agir en totale
contradiction avec qui on est pour obtenir ce que
l'on veut. Je t'ai vue être extrêmement gentille
avec Nicole parce qu'il lui arrive de te donner du
thon en boîte ou des tout petits bouts de fromage.
Alors merci pour les moments où tu es parmi
nous, Pickles.

   Et comme tu ne lis pas le français, voici un
résumé de ce que je viens d'écrire : Miaou miaou
miaou. Miaou, miaou, miaouuuuuu. Miaouuuou
Miaouuuuu. Miaou.

Arthur,

Je ne suis pas certaine des raisons pour
lesquelles tu as choisi de t'adresser à ton
chat. Le but de cet exercice n'était pas de
faire de l'humour, mais de s'attarder sur
ceux qui laissent une trace durable dans
notre vie et de les en remercier. Je suis sûre
que tu aurais pu t'investir davantage dans
ce travail. Tu es un écrivain doué, Arthur,
et tes réflexions sont souvent beaucoup plus
profondes. Ceci ne correspond pas à ton
niveau de qualité habituel. Je le répète, s'il y
a le moindre problème dont tu souhaiterais
me faire part, viens me trouver.
   Ma porte est toujours ouverte.

Mme Whitehead

▶▶ ▶▶ ▶▶

ÉCOLE DE ZOMBIES

D'Arthur Bean et Robbie Zack et Von Ipo

Prise de notes de la réunion de production
du 21 février

Je crains que vos idées ne soient parties dans
tous les sens. Si vous avez l'intention de filmer ne
serait-ce qu'une partie de votre film, vous devez
terminer les grandes lignes de votre scénario en
images aujourd'hui. Ne dépassez pas vingt scènes
dans votre séquençage. – Mme Ireland

Scène dix-neuf : Repaire d'armes secret de Code-
Postal
Arnold Ledur se présente. Code-Postal et Blazer
ont réuni les derniers soldats vivants de l'ABG.
Ensemble, ils se préparent pour un dernier
combat contre les zombies, qui ont quitté toutes
les autres villes et déboulé à Calgary quand ils ont
appris que l'ABG était l'armée la plus puissante
du monde. S'ils veulent achever leur domination
de la Terre, ils doivent en venir à bout. La musique
qu'on entend dans cette scène est puissante,
comme un bon morceau de rap.

Scène vingt : École
Dans un montage, les zombies d'Amérique du
Nord se préparent à la bataille de leur côté.

Scène vingt et un : Gymnase de l'école
L'ABG attire les zombies dans le gymnase de
l'école et ferme les portes derrière eux. Ensuite,
ils attaquent depuis le local de rangement, en
balançant sur les zombies toutes les balles et tout
le matériel qu'ils trouvent. Ces derniers perdent

leurs membres, à droite comme à gauche! La plupart des soldats de l'ABG sont également tués par les zombies. À la fin, il ne reste plus que Arnold Ledur, Code-Postal et Blazer. Les zombies les entourent et il est clair qu'ils vont mourir. Mais alors, Blazer jette un coup d'œil à Code-Postal en disant «C'est le moment», et il pointe son poignet bionique où se trouve un bouton d'autodestruction. Code-Postal réagit en disant : «Non! T'es pas obligé de faire ça.» Blazer répond : «Bien sûr que si.» Arnold Ledur demande : «Faire quoi?» Code-Postal l'ignore et enchaîne : «Prends-nous avec toi.» «Non, réplique Blazer, vous, vous devez reconstruire le monde. Un monde sans zombies. Pour les enfants.» Arnold Ledur demande : «Qu'est-ce que vous manigancez?» Code-Postal poursuit : «Au moins, prends Arnold Ledur avec toi.» Blazer repousse Code-Postal et Arnold. «Partez. Maintenant.» Ils hésitent, mais les zombies sont à quelques mètres d'eux. «Courez!» Code-Postal et Arnold s'enfuient et laissent Blazer dans le gymnase.

Scène vingt-deux : À l'extérieur de l'école

Au moment où Code-Postal et Arnold Ledur en franchissent le portail, l'école explose. Une neige légère tombe dehors. Arnold Ledur marmonne : «J'imagine qu'on n'aura pas cours… avant longtemps.» Code-Postal retire son blazer et le tend au ciel : «T'as réussi. T'es un héros.» La musique s'amplifie alors que le soleil se couche derrière le blazer et que Code-Postal, toujours debout, est éclairé par l'école en feu en arrière-plan. Noir. Générique.

REMARQUES POUR PLUS TARD :
J'aime que mon personage fait exploser l'école. –rz

Je suis très doué en chimie. J'avais une trousse
d'expériences quand j'étais plus jeune et je
peux réaliser des trucs incroyables pour donner
l'impression que c'est vrai. –VI

À mon avis, on a besoin de l'autorisation de la ville
pour faire exploser des bâtiments. Je peux imiter
la signature de mon père sur ces documents si
nécessaire. –AB

Merci de vous reporter aux points 5 et 7 des
recommandations du club AV. Ainsi qu'à la mention
où j'indiquais qu'il ne fallait pas plus de vingt
scènes à votre scénario. – Mme Ireland

5. **Aucune arme à feu ne figurera dans le film, et la
   présence de quelque autre arme sera réduite à son
   minimum.**
7. **Tout effet spécial concernant des explosions est
   expressément interdit.**
8. Un scénario est indispensable à la réussite d'un
   projet.

De : Kennedy Laurel <tropmimikl@hotmail.com>
À : Arthur Bean <arthuraaronbean@gmail.com>
Envoyé le : 22 février, 17:02

Salut Arthur!

Comment vas-tu? Ça fait UN BAIL que je n'ai pas eu de
tes nouvelles! Tu es fâché?!
Catie se croyait drôle à la soirée, mais il est fort
possible que toi, tu ne l'aies pas trouvée drôle du tout!
Elle voulait juste qu'on passe un moment entre filles,
tu sais! J'espère que tu n'es pas en colère! Je tiens
vraiment à ce que nous soyons amis!

Kennedy ☹

De : Arthur Bean <arthuraaronbean@gmail.com>
À : Kennedy Laurel <tropmimikl@hotmail.com>
Envoyé le : 22 février, 21:00

Chère Kennedy,

Bien sûr que je ne suis pas fâché. J'ai été très occupé
avec le film et aussi avec mon écriture. En plus, nous
avons tellement de devoirs, en ce moment… C'est à
croire que les professeurs se disent qu'avec le froid qu'il
fait dehors, nous disposons de plus de temps.
As-tu des choses de prévues en fin de semaine? Je suis
toujours libre pour faire des trucs avec toi. Tes désirs
sont des ordres! J'ai entendu qu'il y a des séances de
patinage gratuites ouvertes au public le dimanche
soir, au centre social. Je pourrais t'emmener patiner.
Comme une sortie tardive de Saint-Valentin!

Sincères salutations.
Arthur Bean

De : Kennedy Laurel <tropmimikl@hotmail.com>
À : Arthur Bean <arthuraaronbean@gmail.com>
Envoyé le : 23 février, 11:07

Salut Arthur!

Ouf!! J'étais inquiète MDR!
Je ne peux pas venir patiner ce week-end, mais merci
pour l'invitation! Je comprends ce que tu veux dire
pour les devoirs! Je croule sous le boulot! J'ai promis
à Catie d'être sa partenaire pour l'expo-sciences,
mais va savoir pourquoi, chaque fois que nous nous
voyons pour travailler, on n'avance pas du tout. Je
suis CERTAINE que ça n'a rien à voir avec le fait qu'on
parle d'un tas d'autres choses MDR! Enfin, toujours
est-il qu'on passe tout le week-end ensemble et
que cette fois-ci, nous en viendrons à bout (ou pas,
probablement!). Notre expérience concerne les
calories, ce à quoi elles correspondent, etc.! En gros,
on doit goûter plein de cochonneries MDR!
J'espère que tu plaisantais pour la sortie de Saint-
Valentin! LES AMIS ne font pas des trucs ensemble
pour la Saint-Valentin!!

Kennedy ☺

De : Arthur Bean <arthuraaronbean@gmail.com>
À : Kennedy Laurel <tropmimikl@hotmail.com>
Envoyé le : 23 février, 12:46

Chère Kennedy,

Bien sûr que je plaisantais! Tu devrais passer plus de
temps avec moi. Tu ne saisis plus mes blagues! Faudra

absolument qu'on se voie le week-end prochain. Bonne chance pour ton projet scientifique!

Sincères salutations.
Arthur Bean

23 février

Cher JL,

Je n'en veux plus à Kennedy. Je lui en ai voulu pendant un moment, mais c'est impossible de lui faire la tête longtemps. Elle avait l'air vraiment bouleversée dans son courriel et je ne tiens pas à la tracasser. Elle est tellement inquiète qu'on ne soit plus amis si on devient un couple, mais je suis pratiquement certain que plein de gens conservent leur amitié une fois en couple.

Mes parents ont toujours dit qu'ils étaient de très bons amis. Kennedy a juste besoin d'entendre ce genre de propos et elle changera d'avis. Je lui ai proposé la sortie la plus romantique qui soit, et peut-être que la semaine prochaine on fera du patin. On se tiendra par la main, elle sera sur le point de chuter, j'essaierai de la rattraper, mais je manquerai mon coup. Alors je finirai au sol le premier et elle me tombera dessus et nous nous embrasserons.

Sincères salutations.
Arthur Bean

▶▶ ▶▶ ▶▶

Allô Artie,

Je réserve l'article le plus délicieux à écrire
pour toi. Le dernier projet culinaire pour
le cours d'arts ménagers des élèves de
neuvième année est une vente de pâtisseries.
Et je sais que tu es gourmand. Pourrais-tu
faire une description des savoureux desserts
qu'ont préparés les élèves? Je te serai
reconnaissant d'être bienveillant. Les élèves
en arts ménagers ont travaillé dur pour
confectionner leurs friandises. Je veux que tu
fasses preuve de ton charme légendaire pour
cette mission, plutôt que de nous resservir
ton sens aiguisé de la critique!

Ciao!
M. E.

▶▶ ▶▶ ▶▶

DEVOIR : JUGER UN LIVRE À SA COUVERTURE

Nous commençons notre unité d'étude sur le roman. À
la demande générale, je vous offre une sélection de trois
romans parmi lesquels vous devez en choisir un. Veuillez donc
sélectionner un roman parmi les titres suivants :
L'enfant contre la nuit de Susan Cooper
L'invitation de Monica Hughes
Le royaume de Kensuké de Michael Morpurgo

Examinez la couverture du livre que vous avez sélectionné et
répondez aux questions suivantes en un court paragraphe :
Pourquoi avez-vous choisi ce livre en particulier plutôt qu'un
des deux autres?
Que vous inspire la couverture?
Comment sera l'histoire d'après vous?
À quoi vous attendez-vous?

À rendre le 5 mars

MARS

Cher JL,

Tu parles d'un week-end! Plus ennuyant que ça, tu meurs! Robbie n'a pensé qu'à Catie. Je ne comprends pas pourquoi il s'acharne. Il lui envoie des messages, il l'invite à faire des trucs, et elle réplique toujours qu'elle est occupée. Il devrait déjà en avoir fini avec cette histoire.

Je m'ennuyais tellement à le regarder pianoter sur son téléphone que j'ai envoyé un texto à Anila pour lui dire bonjour, mais elle ne m'a jamais répondu. Je la comprends, vraiment, même si j'essaie pourtant de bien me comporter. Et comment ça va se passer si jamais nous allons tous les deux au camp de vacances l'année prochaine et que nous devons nous côtoyer?

Nos discussions me manquent, en fait. Je lui racontais des choses que je n'ai jamais dites à personne (à part toi, JL). Et elle m'écoutait, et parfois elle me donnait des conseils, mais pas toujours. C'était plutôt plaisant.

Sincères salutations.
Arthur Bean

ma mère dit qu'on ira en caroline du nord pour les vacances de paques. faudra me passer sur le corps a répondu mon père. mon frère est 1 délincant et ma mère est sur le point d'être une meurtrière. ma famille est folle

Tu ne peux pas lui dire que tu as besoin de rester ici? On doit réaliser le film pendant les vacances! Il n'y aura pas d'autres moments où on pourra mettre du sang partout dans l'école!

Tu peux venir à la maison si nécessaire. Je parie que mon père ne se rendra même pas compte de ta présence.

▶▶ ▶▶ ▶▶

DEVOIR : COUVERTURE DE *L'ENFANT CONTRE LA NUIT*

D'Arthur Bean

J'ai sélectionné *L'enfant contre la nuit*, de Susan Cooper, parce que je l'ai déjà lu au moins quatre fois. Comme ça, je n'ai pas à le relire. Je pense que tout le monde aurait dû choisir ce livre. À mon avis, c'est un des meilleurs livres jamais écrits. Chaque fois que je l'ai entre les mains, je me dis que je voudrais tellement en être l'auteur. En regardant la couverture, j'ai l'impression qu'il va surtout s'agir de chevaux sauvages, parce que le cheval au premier plan a l'air farouche et on dirait qu'il va attaquer le garçon recroquevillé sous lui. Je dirais aussi que ça se passe pendant l'été, parce que le gars ne porte pas de manteau. Mais je sais que ça se déroule dans le temps des fêtes. J'imagine une histoire sombre et mystérieuse, avec des éléments de la légende du roi Arthur. C'est le genre de livre que j'aurais envie de lire toute la nuit, sous des couvertures épaisses, une tasse de chocolat chaud à la main alors qu'il neige dehors.

Arthur,

Je suis ravie que tu aies autant aimé lire L'enfant contre la nuit. C'est aussi un de mes livres préférés. Mais puisqu'il t'est si familier, s'il te plaît, choisis un autre des romans en sélection, de façon à aborder un livre avec « un regard neuf » et voir ensuite si tes attentes ont été comblées. C'est le but de l'exercice.

Mme Whitehead

ÉCOLE DE ZOMBIES

D'Arthur Bean et Robbie Zack et Von Ipo

Prise de notes de la réunion de production du 7 mars

Messieurs, j'ai de sérieuses réserves concernant les notes que vous avez prises pour votre scénario et votre scénario en images. À mesure que nous avancerons, je compte sur votre entière coopération quant aux remaniements à effectuer. Cependant, pour demeurer dans les temps, merci de vous pencher sur la distribution des rôles, sachant que tous les élèves souhaitant participer doivent être traités de manière équitable durant la sélection. Il est bien entendu qu'il n'y aura pas de népotisme pendant les auditions. – Mme Ireland

vu qu'on ne sait pas ce que veut dire nepottisme, je doute qu'il y en ait, on va juste choisir les gens qu'on aime de toute façon. – rz

Ça vous dit les gars que j'écrive des monologues d'auditions? J'en ai déjà un super pour une fille qui est la sœur de Arnold Ledur, Muffy Arnold. Elle retrouve son frère après en avoir été séparée pendant vingt ans. – VI

utilisons plutôt des bouts de *The Walking Dead* pour les auditions. cette série est démente! – rz

Effectivement, et aussi prendre des extraits de *Shaun et les zombies*, parce qu'ils sont tous britanniques dans ce film et comme ça, on verra si les gens peuvent faire des accents. – AB

il nous en faut 1 avec des insultes pour être sûr que les gens soit bien naturels quand ils tuent les zombies. – rz

Merci d'observer l'article 1 des recommandations du club AV, ainsi que le nouvel article numéro 9. – Mme Ireland

1. **Tout élève peut participer au club AV.**
9. **Le langage employé dans le scénario et sur le tournage doit être approprié à tous les âges.**

▶▶ ▶▶ ▶▶

DEVOIR : TWEETEZ VOTRE CRITIQUE DE LIVRE!

Pendant notre travail sur le roman, rédigez quatre tweets au sujet du livre que vous avez sélectionné. L'information concernant votre expérience de lecture doit être concise et captivante.

Un tweet ne doit pas dépasser 140 caractères : lettres, espaces et ponctuations compris. Choisissez vos mots judicieusement. Les meilleurs commentaires sur les romans seront publiés sur le compte Twitter de l'école!

À rendre le 22 mars

▶▶ ▶▶ ▶▶

DOUCES PÂTISSERIES ET DÉLECTABLES FRIANDISES

D'Arthur Bean

Avis à tous les dentistes! De nouveaux patients sont en chemin, car il est impossible que les élèves de l'école secondaire Terry Fox aient pu résister aux délices raffinés du cours d'arts ménagers de neuvième année. Pour leur dernière évaluation en cuisine, les classes de Mme Chao ont eu la possibilité de réaliser leurs propres recettes. S'en est suivie une compétition amicale lors de la vente des pâtisseries. Étonnamment, les premières friandises à partir furent celles de Sandy Dickason et Victor Hsiao. Je ne les ai pas goûtées, car je ne fais pas confiance à Sandy, mais leurs tranches de quatre-quarts au chocolat et piment furent un succès. Juste derrière eux, en deuxième position, les macarons à la noix de coco : tout le monde s'est extasié devant leurs cœurs savoureux.

En ce qui me concerne, j'ai essayé les *snickerdoodles*, combinaison parfaite entre le croustillant et le moelleux pour ces biscuits nature roulés dans du sucre à la cannelle, également les carrés au chocolat et caramel, qui auraient été meilleurs sans les poils blonds à l'intérieur, ainsi que des biscuits avec une touche de crème au chocolat sur le dessus qui, ma foi, étaient aussi plutôt bons. Tout a été vendu dès la fin de la journée du mercredi, à l'exception de quelques carrés aux *Rice Krispies* mélangés à de la guimauve, le signe d'une vente de pâtisseries réussie, même si le retour en bus fut peu plaisant pour ceux voyageant en compagnie de Connor « Vomi » Tovi.

Oh, Artie,

C'est franchement impressionnant que tu puisses rédiger systématiquement des articles qui sont à la fois admiratifs et diffamatoires. Tu t'es vraiment amélioré, mais une fois encore, je ferai quelques coupures dans ton texte, histoire d'adoucir ton opinion personnelle. Viens me voir après les cours pour discuter des choses sur lesquelles tu as besoin de travailler pour continuer de parfaire tes textes.

M. E.

Cher M. Everett,

Je crois vraiment que vous ne saisissez pas toutes les subtilités de mes articles. Si j'avais une chronique personnelle régulière, les lecteurs seraient à même de mieux percevoir mon sens de l'humour percutant. Peu de personnes le comprennent ces derniers temps, je dois avouer. Mais d'après Robbie Zack, je suis comme les olives. Même si vous les détestez, à force d'en manger une tous les jours, vous finirez par les aimer vraiment. Au point même d'en avoir envie. Pensez-y.

Sincères salutations.
Arthur Bean

Artie,

Avant de te confier ta propre chronique, il faudra que tu progresses encore un peu et que tu écrives des articles plus objectifs. Tu dois pouvoir écrire sur la « tapenade » sans taper sur les olives!

M. E.

AUDITIONS POUR UN FILM DE ZOMBIES!!!

Participez au meilleur film jamais réalisé à l'école secondaire Terry Fox!

AUCUNE EXPÉRIENCE NÉCESSAIRE
(Mais c'est un atout)

INSCRIVEZ-VOUS À LA SALLE D'ART DRAMATIQUE
LES AUDITIONS AURONT LIEU LES 20 et 21 MARS APRÈS LES COURS

DEVENEZ CÉLÈBRE!

POUR INFORMATION, S'ADRESSER À ARTHUR BEAN OU ROBBIE ZACK
(salle foyer 8B)
* ou Von Ipo *
(Les professeurs peuvent aussi se présenter!)

Il faut absolument rendre la caméra avant les vacances de Pâques. C'est trop lourd à porter, là, pour moi.

pourquoi tu la portes? On avait dit qui fallait pas la toucher ha ha ha

C'est pas drôle, Robbie! Mon père est tombé dessus aujourd'hui et il a commencé à me poser pas mal de questions.

J'ai dû prétendre que Mme Ireland me l'avait prêtée. Et il a trouvé ça bizarre que l'école nous laisse emprunter du matériel électronique de cette qualité. Il nous a dans le collimateur!!

bon dac. on en parle ce w-end et on décide d'1 plan. mais APRÈS les auditions.

16 mars

Cher JL,

Robbie et moi, on a essayé de trouver une idée pour rapporter cette stupide caméra, mais rien! C'est impossible. On n'a aucun moyen de retourner au camp de vacances sans que notre présence paraisse largement suspecte. Le meilleur truc qu'on a imaginé, c'est prétendre qu'il y avait une collecte de verre pour l'école, et comme il y avait pas mal de bouteilles jetées sur l'autoroute près du camp, on aurait pu en profiter pour saluer Tomasz et Halina, et récupérer leurs bouteilles aussi. Mais mon père a dit qu'on avait autant intérêt à prendre celles déposées dans le local de recyclage de l'immeuble. De toute façon, Robbie n'avait aucunement l'intention d'aller ramasser des déchets.

Je conserve donc toujours la caméra et mon père n'arrête pas d'en parler. Je ne comprends pas pourquoi elle l'intéresse autant. Il pose plein de questions sur le film, comment ça avance, comment fonctionne la caméra et combien de temps j'ai le droit de la garder. Il ne s'est jamais intéressé à un truc d'école auparavant. Je ne peux pas continuer à lui mentir. Bon, en fait, je peux, mais je n'en ai pas envie. Et si je la cachais chez Nicole? Il y a tellement de choses chez elle, jamais elle ne la trouverait sous son tas de pelotes de laine!

Sincères salutations.
Arthur Bean

De : Arthur Bean <arthuraaronbean@gmail.com>
À : Kennedy Laurel <tropmimikl@hotmail.com>
Envoyé le : 17 mars, 09:22

Chère Kennedy,

Joyeuse journée de la Saint-Patrick! Je t'ai entendue
dire à Catie que ta mère était d'origine irlandaise.
Est-ce que vous allez la fêter, la Saint-Patrick? Est-ce
que vous mangez une tonne de pommes de terre en
regardant une flopée de films dans lesquels joue
Sean Connery?
Et pourquoi ne t'emmènerais-je pas boire un lait frappé
vert chez Peter? Je pense qu'ils sont à la menthe,
mais ils pourraient tout aussi bien être au citron vert.
D'ailleurs il n'est pas obligé d'être vert, ton lait frappé.
Libre à toi de choisir le parfum que tu veux! Et si tu ne
te crois pas capable d'en avaler un entier toute seule,
ça ne me dérange pas d'en partager un avec toi.
Tiens-moi au courant!

Sincères salutations.
Arthur Bean

De : Kennedy Laurel <tropmimikl@hotmail.com>
À : Arthur Bean <arthuraaronbean@gmail.com>
Envoyé le : 17 mars, 13:41

Salut Arthur!

Merci pour l'invitation, mais je suis occupée
aujourd'hui! En tout cas, repose-toi bien pendant
ton week-end!

Kennedy ☺

▶▶ ▶▶ ▶▶

19 mars

Cher JL,

Les auditions ont lieu demain! J'ai hâte de voir la longue file d'attente de tous ceux qui veulent un rôle. Je parie que ça va nous prendre des heures. Aujourd'hui, nous avons installé une table sur laquelle on a déposé des bouteilles d'eau et des copies des textes qu'ils devront lire. Je me suis entraîné à garder un visage impassible pour que ceux qui passent l'audition n'aient aucune idée de ce que je pense. C'est primordial. Je n'ai pas envie que des filles se mettent à pleurer parce qu'elles s'imaginent qu'elles n'ont pas eu le rôle. Hier, j'ai introduit en douce la caméra à l'école; elle est dans mon casier en ce moment. J'espère qu'à partir de maintenant je vais pouvoir la laisser là.

Pourvu qu'on ait des personnes douées qui auditionnent. Et plein de profs aussi. Nous avons écrit un rôle savoureux pour Mme Whitehead. Il va falloir qu'elle soit sacrément bonne pour pouvoir l'interpréter.

Sincères salutations.
Arthur Bean

21 mars

Cher JL,

Je n'en reviens pas! Personne n'est venu auditionner! Même pas Kennedy, et j'étais persuadé qu'elle se présenterait. Elle avait dit il y a longtemps qu'elle jouerait dans notre film! Au lieu de ça, on est restés là, Robbie et moi, et Von, à attendre que quelqu'un se pointe. Robbie a dessiné de bons exemples du maquillage sanglant dont on aura besoin, c'est bien la seule chose positive de la journée. Von n'a pas arrêté de parler, à dire des trucs du genre que si les gens avaient su qu'il était impliqué, ils se seraient déplacés, mais comme il ne voulait pas se faire agresser par la foule, il n'en a parlé à personne. Je pensais que tout le monde attendait le deuxième jour des auditions pour se présenter parce qu'ils désiraient faire impression, mais personne n'est venu. Comment on va faire avec les scènes de foule et pour les armées si on n'est que trois à jouer dans le film? Ça n'a pas eu l'air de perturber Robbie qui a bien aimé l'idée de Von d'en faire un film d'animation à partir de ses illustrations. Dans ce cas, ils n'ont plus besoin de moi. Alors qu'au départ, c'était pratiquement mon idée. Je suis le cerveau derrière tout ce projet! En plus, j'ai des doutes sur les capacités de Von à faire de l'animation. Je ne crois pas un mot de ce qu'il raconte.

Sincères salutations.
Arthur Bean

DEVOIR : TWEETEZ VOTRE CRITIQUE DE LIVRE

D'Arthur Bean

Suite de tweets concernant *L'Invitation* de Monica Hughes

J'espère que *L'invitation* concerne un jeu à la *Hunger Games*, et que Scylla, la hippie bizarre, est la 1re à mourir. Elle est trop joviale.

Rien à voir avec *Hunger Games*. Ils ne meurent jamais à ce jeu! Si seulement il existait l'an passé. On y aurait joué avec toute ma famille.

Sûr que je gagne à ce jeu avec Robbie et Luke. Pas besoin de Scylla et ses méthodes hippies, ou des lamentations de Rich. Lui, c'est le pire.

L'invitation était plutôt pas mal, même si personne n'est mort (ATTENTION DIVULGÂCHEUR!). En même temps, qui voudrait épouser Scylla?

Arthur,

Ces tweets sur ton expérience de lecture sont excellents. Je suis ravie que le roman t'ait plu, mis à part Scylla. C'est intéressant que tu aies éprouvé un tel ressentiment à l'égard d'un personnage aussi secondaire. J'ai toujours pris plaisir à lire les textes de Monica Hughes et j'espère que notre unité d'étude sur le roman t'a donné envie de te plonger dans son œuvre. Je sais que tu aimes les dystopies et les romans de science-fiction. Si tu souhaites que je te fasse des suggestions de livres dans le même genre que ceux de Monica Hughes, n'hésite pas à venir me parler!

Mme Whitehead

ANNONCE DE LA DISTRIBUTION
DU FILM DE ZOMBIES!!!

**Participez au meilleur film jamais
réalisé à l'école secondaire Terry Fox!
PLEIN DE RÔLES pour les professeurs!
ENCORE PLUS pour les élèves!
AUCUNE EXPÉRIENCE REQUISE
MÊME PAS BESOIN D'AUDITIONNER!!!!
À 15 h 30, le 4 AVRIL,
à la SALLE D'ART DRAMATIQUE**

▶▶ ▶▶ ▶▶

DEVOIR : ÉTUDE PERSONNELLE D'UN ROMAN

Choisissez un roman, à la bibliothèque de l'école ou sur une
des étagères de la classe, que vous pensez avoir plaisir à lire
pendant les vacances de Pâques. Écrivez ce que vous avez tiré
de cette lecture de la manière que vous le souhaitez. Qu'est-ce
que vous aimez dans ce livre? Qu'est-ce que vous n'aimez pas?
Vous fait-il penser à d'autres romans? Vous inspire-t-il? Si oui,
de quelles façons? Comment l'auteur parvient-il à vous donner
envie de tourner les pages?

À rendre le 5 avril

De : Arthur Bean <arthuraaronbean@gmail.com>
À : Kennedy Laurel <tropmimikl@hotmail.com>
Envoyé le : 23 mars, 10:19

Chère Kennedy,

J'aimerais vraiment beaucoup qu'on sorte ensemble
en fin de semaine! Je n'ai plus du tout l'occasion de
passer du temps avec toi en dehors de l'école. En plus,
comme je me rends à Edmonton pour les vacances
de Pâques, une semaine entière va défiler sans que je
te voie! Je sais qu'on peut passer un super moment
ensemble, je te promets! On peut faire ce que tu veux,
en autant qu'on fasse quelque chose, juste toi et moi,
OK?

Sincères salutations.
Arthur Bean

De : Kennedy Laurel <tropmimikl@hotmail.com>
À : Arthur Bean <arthuraaronbean@gmail.com>
Envoyé le : 23 mars, 15:53

Salut Arthur!

C'est vrai qu'on ne s'est pas vus depuis un bon
moment! Mais l'idée de sortir seule avec toi me fait
bizarre. J'ai l'impression que tu me pousses à être
quelqu'un que je ne suis pas! J'espère que ce que
je te dis ne va pas te déprimer!
Je te trouve génial, malgré tout!

Kennedy ☺

23 mars

Cher JL,

Je ne comprends pas. C'est à peine si nous passons du temps ensemble, Kennedy et moi, et elle dit que je lui mets trop de pression?! J'ai appelé Luke pour lui lire son courriel et d'après lui, elle se comporte juste comme une fille, je ne devrais pas m'en faire, et il y a de grandes chances pour que je lui plaise toujours. J'ai essayé d'en parler avec Robbie, mais il refuse catégoriquement d'aborder le sujet de ma relation avec Kennedy.

Je ne cesse de me poser la question suivante : comment réagirait le meilleur des petits copains devant une telle situation? Je n'en ai pas la moindre idée. Même ne pas sortir avec Kennedy est un casse-tête! Elle est tellement compliquée!

Sincères salutations.
Arthur Bean

De : Von Ipo <prochaineastwood@hotmail.com>
À : Arthur Bean <arthuraaronbean@gmail.com>
Envoyé le : 24 mars, 14:56

Allô Artie!

J'ai discuté avec un groupe d'amis, et ils ont accepté de jouer dans notre film pour me rendre service! Ils seront excellents comme membres de l'ABG! La plupart font partie de mon équipe de hockey et ils sont sûrs aussi que leurs copines seraient d'accord pour participer au film, même si deux d'entre eux ne sont pas certains de leur faire confiance au point de les laisser seules avec moi, ils craignent de se faire larguer! HA HA!! Trop drôle!

Je peux répéter des scènes avec eux, cette semaine, pendant que toi et Robbie êtes absents. Ensuite, au retour des vacances de Pâques, on se retrouve tous ensemble et on travaille sur la suite!

Cia-Ciao!
Von

24 mars

Cher JL,

Je suis trop content d'être en congé. J'en avais assez de l'école. Tous mes professeurs me détestent. En plus, ils nous ont bombardés de trucs à faire pendant les vacances! On a une semaine pour lire un roman entier pour la classe de Mme Whitehead. Alors qu'on est soi-disant en congé!

Sans compter que Robbie était de mauvaise humeur ces derniers jours. À un moment, Mme Whitehead l'a interpellé devant tout le monde parce qu'il n'avait pas fait son devoir, et comme il a riposté, elle l'a envoyé au bureau du directeur. Quand j'ai essayé de discuter de cette histoire avec lui, il m'a dit d'aller faire suer un autre nul de ma connaissance. Alors je l'ai laissé tout seul. De toute façon, je m'en fiche. Je ne le forcerai pas à être mon ami s'il n'en a pas envie. Je pars à Edmonton et je vais passer toute la semaine avec Luke, ça va être génial. Et je suis certain que papa aura oublié la caméra à mon retour. En tout cas, je l'espère vraiment!

Personne de Calgary ne me manquera pendant mon absence. Je ne penserai même pas à eux. À part Kennedy, bien sûr. Je lui enverrai une carte postale du West Edmonton Mall, le plus grand centre commercial de l'Amérique du Nord. Peut-être même deux ou trois! Et puisque l'absence crée le désir, comme dit le proverbe, alors elle sera obsédée par moi quand je reviendrai!

Sincères salutations.
Arthur Bean

De : Arthur Bean <arthuraaronbean@gmail.com>
À : Kennedy Laurel <tropmimikl@hotmail.com>
Envoyé le : 26 mars, 12:31

Chère Kennedy,

Je suis à Edmonton en ce moment et comme je pensais à toi, je tenais à t'écrire que tu me manques! Je me suis promené à West Ed aujourd'hui et je n'ai pas arrêté de me dire que tu adorerais cet endroit! Quand j'aurai mon permis (je sais, c'est peut-être penser un peu trop loin dans le futur!) nous pourrons venir ici ensemble, histoire de faire toutes les boutiques et même de descendre les glissades aquatiques. J'espère que tu passes de merveilleuses vacances de Pâques.

Sincères salutations.
Arthur Bean

De : Von Ipo <prochaineastwood@hotmail.com>)
À : Arthur Bean <arthuraaronbean@gmail.com>
Envoyé le : 26 mars, 16:01

Allô Artie!

J'espère que tu t'éclates à Edmonton. J'ai réalisé le
générique d'ouverture d'*École de Zombies*. Ça fait très
pro. Je me suis servi de deux ou trois illustrations de
Robbie auxquelles j'ai ajouté des mots. Tu vas adorer!
Je vais commencer à filmer des trucs demain avec mes
gars. On est censés avoir une énorme tempête de
neige ce soir, ça nous fera de bons plans extérieurs.
Salue ton cousin pour moi! J'espère le rencontrer un
jour. Il est presque célèbre, vu la façon dont tu parles
de lui. HA HA!

Von

De : Arthur Bean <arthuraaronbean@gmail.com>
À : Kennedy Laurel <tropmimikl@hotmail.com>
Envoyé le : 28 mars, 17:17

Chère Kennedy,

J'espère que tout se passe bien pour toi pendant ces
vacances! Je t'écris ce courriel pour te dire que j'étais
dans une librairie, aujourd'hui, et que Kenneth Oppel
y était pour une séance de dédicaces. Je sais combien
tu aimes sa série sur Frankenstein. Je voulais te prendre
un livre et le faire dédicacer, mais la file d'attente était
immense et j'avais oublié mon portefeuille. J'ai quand

même pensé à toi. Je ne veux surtout pas te rendre jalouse en te racontant ça. C'est juste que je me suis dit : « Bon sang! Si seulement Kennedy était avec moi! »

Sincères salutations.
Arthur Bean

De : Arthur Bean <arthuraaronbean@gmail.com>
À : Kennedy Laurel <tropmimikl@hotmail.com>
Envoyé le : 30 mars, 20:36

Chère Kennedy,

Pour info, je suis bien rentré chez moi et j'ai passé d'excellentes vacances de Pâques! On a fait tellement de choses avec Luke. J'ai pris un autobus Greyhound tout seul pour rentrer, et j'avais deux sièges pour moi tout seul, ce qui tombait très bien. Pendant mes vacances, j'ai travaillé très peu sur le roman de Mme Whitehead! Du coup, j'ai consacré la plupart du trajet à lire. Tu as fini de rédiger ton texte? Luke et moi étions trop occupés à planifier les scènes de combats du film. Tu es toujours d'accord pour en faire partie? Je peux te créer un rôle sensationnel, ou on peut se pencher dessus ensemble, si tu veux! Tu es si douée avec les mots, et en plus tes répliques paraîtront plus naturelles si c'est toi qui les écris.
Tiens-moi au courant. On pourra travailler dessus après les cours ou au dîner.

Sincères salutations.
Arthur Bean

De : Kennedy Laurel <tropmimikl@hotmail.com>
À : Arthur Bean <arthuraaronbean@gmail.com>
Envoyé le : 31 mars, 19:40

Salut Arthur,

Je suis ravie que tes vacances se soient bien passées. Moi, on ne peut pas dire que je me sois beaucoup éclatée, j'ai surtout consacré du temps à faire mes devoirs!
On peut se parler cette semaine? Je crois qu'il est vraiment important qu'on discute face à face!

Kennedy

31 mars

Cher JL,

Je viens juste de rentrer chez moi et de lire le courriel de Kennedy. J'ai essayé de l'appeler, mais elle n'a pas décroché. Je n'arrive pas à comprendre ses intentions! Ça a l'air sérieux. Au départ, j'ai cru que quelqu'un était mort dans sa famille. Si c'est ça, j'ai déjà un costume pour les funérailles. Puis, j'ai relu son courriel, et je pense qu'en fait elle souhaite peut-être qu'on sorte ensemble. Il se pourrait que je lui aie manqué pendant la semaine et qu'elle veuille de nouveau m'embrasser. Mais je suis déterminé, JL. Je ne l'embrasserai que si elle est ma petite copine. Aucune envie d'être ce genre de type qui embrasse les filles avec qui il ne sort pas.
Ne va pas trop loin, JL, que je te tienne au courant!

Sincères salutations.
Arthur Bean

AVRIL

Cher JL,

Il s'est produit quelque chose de très grave! Au moment où j'attendais de payer pour mon dîner, il y avait deux filles dans la file derrière moi qui discutaient de Robbie. Alors je les ai écoutées. Elles avaient entendu dire que Robbie avait volé une caméra l'été dernier, et qu'il faisait tous les casiers de l'école pour piquer les téléphones! Comment elles ont pu savoir pour la caméra? Je n'en ai parlé à personne. En tout cas, elles savent! Est-ce qu'elles pensent que je suis impliqué aussi? Je ne savais pas comment réagir. Comme j'avais une réunion pour le journal, ça m'a permis de déguerpir!

Je veux savoir qui leur a dit pour la caméra. On est censés se retrouver cette semaine pour travailler sur le film. De quoi les gens sont-ils au courant exactement?! Cette histoire m'a travaillé toute la journée. Par contre, je n'ai pas envie d'aborder le sujet avec Robbie. Il déteste qu'on parle dans le dos des gens, il serait capable de tabasser quelqu'un.

En plus, je viens de réaliser que je n'ai même pas parlé à Kennedy, encore! Peut-être qu'elle pourrait m'aider, vu qu'on est presque déjà ensemble.

Sincères salutations.
Arthur Bean

3 avril

Cher JL,

J'ai découvert qui a lancé les rumeurs sur Robbie! Il s'agit de Catie! Je savais que je ne pouvais pas lui faire confiance. Apparemment Robbie lui a révélé pendant les vacances de Pâques qu'il avait volé la caméra, parce qu'il est bête et parce qu'il raconte n'importe quoi aux mauvaises personnes. Il lui a fait jurer, pourtant, de ne rien répéter. Mais Catie s'est empressée de rapporter à tout le monde que Robbie et son frère étaient tous les deux des voleurs! Si tu savais comme j'en veux à Robbie de lui avoir raconté pour la caméra, mais je ne crois pas qu'il sache que d'autres personnes que Catie sont au courant. Je ne sais pas comment aborder le sujet avec lui. Peut-être que personne ne va croire à cette histoire quand ils s'apercevront que Catie en est à l'origine. Moi, jamais je ne la croirais!

En tout cas, j'ai passé la journée entière à éviter Robbie. Je ne voulais surtout pas qu'on me croie complice de Robbie! Est-ce mal agir de ma part? J'ai un peu honte de mon comportement. Je me demande si tout le monde pense que c'est la raison pour laquelle on fait un film de zombies. Il faudrait éviter que les gens aient cette idée dans la tête. Peut-être que personne n'est venu auditionner à cause de ce vol? Ils ne voulaient pas être coupables par association!

Sincères salutations.
Arthur Bean

De : Von Ipo <prochaineastwood@hotmail.com>
À : Arthur Bean <arthuraaronbean@gmail.com>
Envoyé le : 4 avril, 18:03

Allô Artie!

Vous étiez où, les gars, aujourd'hui?
Je me suis pointé à la réunion et Ireland a dit que vous
aviez annulé! Elle m'a fait la leçon sur le respect du
temps des professeurs! J'ai prétendu qu'il y avait une
importante raison pour laquelle vous n'étiez pas là, et à
mon avis, ça devrait fonctionner!
J'aurais quand même aimé être informé avant. Ma
mère devait venir me récupérer après notre réunion,
j'ai dû traîner pendant une heure à l'école avant
qu'elle n'arrive! J'ai montré à Ireland ce que j'avais
réalisé pendant les vacances. Ça l'a beaucoup
impressionnée, la façon dont j'ai tout assemblé!
Ça lui donnait l'impression d'avoir été fait par un
professionnel.
En tout cas, dis-moi si tu veux qu'on se voie en fin de
semaine pour filmer quelques scènes. Je pense pouvoir
rassembler à nouveau les gars. Ils me voient un peu
comme celui qui organise leur vie sociale.
Je devrais me trouver un boulot sur un bateau de
croisière, du genre de celui qui planifie tout, non? HA
HA!

Von

De : Arthur Bean <arthuraaronbean@gmail.com>
À : Kennedy Laurel <tropmimikl@hotmail.com>
Envoyé le : 6 avril, 10:33

Chère Kennedy,

Je suis désolé de ne pas avoir eu l'occasion de discuter avec toi à l'école cette semaine. J'ai été très pris! Mon film entre dans sa période de production, et cela nous a pas mal occupés. Mais si tu veux qu'on se voie ce week-end, je suis à même de libérer du temps pour toi! De façon à pouvoir discuter face à face, comme tu en as envie.
Dis-moi juste à quelle heure!

Sincères salutations.
Arthur Bean

Chère Mme Whitehead

Désolé de vous rendre ce devoir avec un peu de retard. Je n'étais pas chez moi pendant les vacances de Pâques, et j'ai été très occupé aussi. Mais le voilà!

Sincères salutations.
Arthur Bean

DEVOIR : ÉTUDE PERSONNELLE D'UN ROMAN : *À LA POURSUITE DE MA VIE*, DE JOHN COREY WHALEY

D'Arthur Bean

Travis Coates est un garçon de seize ans atteint d'un cancer incurable, mais au lieu de mourir, il obtient que ses docteurs cryogénisent sa tête. Cinq ans plus tard, ils parviennent à la greffer avec succès, et Travis se réveille avec un corps totalement nouveau, magnifique et en bonne santé.

Voici les cinq choses essentielles que j'aurais réalisées si j'étais Travis :

1. Je n'aurais pas été aussi obsédé par mon ex-copine. Oublie-la, bon sang!
2. Je n'aurais pas porté autant de foulards. C'est génial d'avoir des cicatrices! En tout cas, si je devais mettre des foulards, je m'en tricoterais moi-même de superbes.
3. J'aurais plus souvent trébuché. C'est impossible qu'il se déplace aussi facilement dans le corps d'un autre.
4. J'aurais dérobé un paquet de choses parce que j'ai de nouvelles empreintes, et que je pourrais dire que je ne savais pas ce qui m'arrivait.
5. Je n'aurais jamais fait un karaoké en public.

Voici les cinq choses essentielles que j'aurais réalisées si j'étais l'auteur de *À la poursuite de ma vie* :

1. J'aurais visité l'école secondaire Terry Fox pour parler de mon livre afin que plus de jeunes le lisent et que ma célébrité s'accroisse.
2. J'aurais davantage écrit sur la greffe de la tête

plutôt que sur la petite copine.

3. J'aurais mentionné mes autres romans, comme ça, les jeunes auraient su que j'ai écrit plus d'un roman.

4. J'aurais mis plus de gros mots, même s'il y en a déjà pas mal. Ça fait plus naturel.

5. Il y aurait eu des fantômes sans corps dans mon livre.

Arthur,

La présentation de ta critique est originale, mais elle ne permet pas une étude approfondie de ce que tu as lu. Contrairement à tes devoirs précédents, tes observations éclairées font défaut dans celui-ci. Je ne suis même pas en mesure de dire si tu as aimé ce roman ou si tu le recommanderais. La prochaine fois, creuse-toi un peu plus la tête, s'il te plaît.

Mme Whitehead

De : Arthur Bean <arthuraaronbean@gmail.com>
À : Kennedy Laurel <tropmimikl@hotmail.com>
Envoyé le : 13 avril, 11:05

Chère Kennedy,

C'est dommage que nous n'ayons pas pu discuter cette semaine. Mais avec tout ce qui s'est passé, hein! En plus, tu dois être en train de finaliser ton projet pour l'expo-sciences. J'ai hâte de le voir.
Je ne sais pas si tu es là la fin de semaine prochaire, mais peut-être que nous pourrions en profiter pour

parler, comme tu voulais. Je n'ai pas grand-chose de prévu, si ce n'est sortir de mon appartement parce que Pickles passe son temps à manger des choses qu'elle va chercher sous le canapé et après elle vomit partout, c'est dégoûtant. En tout cas, je suis ouvert à toute proposition! Il y a des films super qui passent en ce moment, on pourrait aller en voir un, ou retourner au parc de l'Héritage, c'était tellement bien, ce moment! J'attends de tes nouvelles!

Sincères salutations.
Arthur Bean

▶▶ ▶▶ ▶▶

14 avril

Cher JL,

Franchement, mon père ne me donne pas l'impression de s'intéresser beaucoup à moi! J'ai passé toute la fin de semaine à l'appartement. J'ai essayé de lui lancer des perches lui indiquant que j'aimerais qu'il me demande pourquoi je ne sortais pas avec mes amis, mais il ne m'a posé aucune question. La seule chose qu'il a mentionnée, c'est cette satanée caméra. Je te jure, c'est tout ce qui l'intéresse. J'avais envie de lui crier à la figure que ce n'était pas la mienne ni celle de l'école et que Robbie avait commis une erreur et que je payais pour ça. Mais je me suis tu.

Maman aurait tout de suite su que quelque chose ne tournait pas rond, et elle aurait réglé le problème en un instant. Je serais à nouveau ami avec Robbie et je sortirais officiellement avec Kennedy. En fait, elle serait même sûrement

parvenue à faire en sorte que Robbie et Kennedy
redeviennent amis.

Mais pas mon père. Non. Il préfère passer son
temps devant la télé.

Sincères salutations.
Arthur Bean

▸▸ ▸▸ ▸▸

Allô Artie!

*L'expo-sciences de l'école se profile. Serais-
tu en mesure d'écrire un article à ce sujet?
Rien de compliqué à couvrir. Et je sais que
tu feras preuve d'une parfaite objectivité.
Pas besoin d'être un grand scientifique… ou
peut-être bien que oui, en l'occurrence, vu le
sujet!*

Ciao!
M. E.

16 avril

Cher JL,

Aujourd'hui, c'était encore pire que la semaine
dernière. Des élèves se sont moqués ouvertement
de Robbie. Ils ne voulaient pas le laisser tranquille.
La rumeur de Catie sur la caméra s'est largement
répandue et même des élèves de neuvième année
sont au courant maintenant que son frère a été
arrêté. C'était horrible d'assister à ça. Chaque fois
que Robbie se promenait dans les couloirs, les

gens racontaient des trucs comme quoi voler est un délit. Il y a même quelqu'un qui a collé une affiche sur son casier sur laquelle il était écrit «recherché» dessus. Je l'ai déchirée avant qu'on la voie alors que je me rendais aux toilettes pendant le cours d'anglais.

Au début, je pensais que Robbie allait en frapper un, mais il a plutôt eu l'air d'avoir envie de pleurer, et des élèves de neuvième année ont commencé à se moquer de lui à cause de ça. Alors il s'est énervé et il s'est mis à les injurier et il s'est fait attraper par M. Everett qui l'a envoyé au bureau du directeur.

Il n'était pas dans l'autobus de retour, non plus. J'ai entendu dire qu'il avait été expulsé de l'école. J'ai essayé de l'appeler, mais il ne veut pas décrocher. Je ne sais pas quoi faire. J'ai demandé à Catie de retirer ce qu'elle a dit, mais elle refuse parce que c'est la vérité. Pourquoi les gens sont-ils si méchants?

Sincères salutations.
Arthur Bean

> Robbie, que se passe-t-il? Tout va bien? Il paraît que tu as été expulsé de l'école. C'est vrai? Tu n'étais pas à l'école cet après-midi, alors je me disais que c'est peut-être vrai! Qu'est-ce que tu as dit à Mme Winter?

> Robbie, arrête de m'ignorer.

> Sérieusement, arrête.

▶▶ ▶▶ ▶▶

Pourquoi tu n'étais pas à l'école aujourd'hui?

Tu as manqué un test de maths! La chance!

Ne me fais pas me déplacer jusqu'à chez toi!

Je plaisante!

(Enfin plus vraiment.)

Tu sais bien que je vais savoir ce qui s'est passé, que tu me le dises ou pas. Fais comme tu veux. Mais appelle-moi au moins pour le film. Il est hors de question que je le fasse sans toi.

EXPO-SCIENCES + CARBONE SOUS PRESSION = EXPLOSION DES MÉNINGES

D'Arthur Bean

Cette année, l'expo-sciences de l'école secondaire Terry Fox se tenait le 18 avril dans le gymnase de l'établissement. Plus de cent projets ont été enregistrés, un nombre record. Tous les participants visaient les premières places pour intégrer ensuite l'expo-sciences de mai, ouverte à toute la ville. Beaucoup de présentations étaient excellentes, comme celle de Kennedy Laurel sur la restauration rapide et les calories, mais la compétition était rude et seulement trois groupes pouvaient prétendre à une des places finales tant convoitées. Les gagnants du jour étaient Sandeep Deol et Var Lodhia avec leurs légumes clonés et la diversité génétique, Elijah Courzain et son projet de création d'une application de bandes dessinées, et Jena Frye et Polly VanDusen pour leur recherche sur les téléphones cellulaires et les radiations. Tous ces travaux étaient formidables et nous espérons qu'ils iront loin lors de l'exposition ouverte à toute la ville.

Mais selon votre journaliste, le projet le plus cool de l'expo-sciences était celui de Jeffrey Wong, sur le carbone. Et plus particulièrement l'idée de transformer les gens en diamants. Imaginez ceci : votre mère meurt et elle est incinérée. Mais elle vous manque, beaucoup. Au lieu de répandre ses cendres ou bien de les garder à un endroit précis, vous pouvez les transformer en diamant. Comme notre corps est composé de carbone (quelque chose que j'ai appris grâce au projet de Jeffrey), cette matière, grâce à la science, peut être compressée jusqu'à atteindre la dureté d'un diamant! N'est-ce pas la chose la plus cool et la plus sinistre à la fois que vous ayez jamais entendue! Que vous appréciiez la science ou pas, on apprend toujours quelque chose à l'expo-sciences!

Allô Artie,

*Pas mal, vraiment pas mal! Il y a certaines
choses que j'aimerais que tu développes
et quelques coupures à faire (je ne suis
pas certain de comprendre pourquoi tu
mentionnes le projet de Kennedy et Catie,
c'est un ajout non nécessaire), mais d'une
manière générale, le ton de cet article est
parfait.*

*Ciao!
M. E.*

▶▶ ▶▶ ▶▶

22 avril

Cher JL,

Robbie était de retour à l'école aujourd'hui!
Je lui ai demandé ce qui lui était arrivé, mais
il n'a pas répondu. Je ne sais même pas s'il a
été expulsé! Ça m'a l'air mal parti pour le film.
Quand je lui ai parlé de notre prochaine réunion
de production, il a déclaré qu'il ne pourrait pas y
assister, car il était privé de sorties. J'ai essayé de
savoir si ça avait un rapport avec la caméra et la
façon dont on l'avait obtenue, mais il m'a rabroué
en disant : «Tout ne tourne pas autour de toi et
de tes petits projets idiots. T'auras pas d'ennuis,
alors, laisse-moi tranquille.» Ce que j'ai fait.
J'espère quand même qu'on parviendra à tourner
notre film. Mais on ne pourra pas se servir de la
caméra s'il y a des gens autour. Tout le monde
déteste Robbie à l'école. J'ai entendu une bande
de gars le surnommer Le Gros Voleur. Certains
l'ont même fait devant lui. «Ne laisse pas Le Gros

Voleur se tenir derrière toi à la cafétéria. Il serait capable de voler ton portefeuille ET ta pizza. » En plus, Robbie n'est même pas gros! Qu'est-ce que je peux faire, JL? J'avoue que ça m'a plutôt arrangé que Robbie m'envoie promener et me demande de le laisser tranquille. Je n'ai pas envie que les autres s'en prennent aussi à moi. J'ai assez subi ce genre d'ennuis quand j'étais au primaire.

Sincères salutations.
Arthur Bean

DEVOIR : DILEMME ET SUSPENSE

Écrivez une scène courte qui se conclut avec votre protagoniste ayant à faire un choix difficile, ou alors se trouvant au cœur d'une situation périlleuse. N'oubliez pas de choisir judicieusement votre vocabulaire afin de dépeindre le sérieux de la situation. Trouvez des manières de renforcer la tension dramatique.

À rendre le 3 mai

▶▶ ▶▶ ▶▶

23 avril

Cher JL,

Moi qui pensais que la vie ne pouvait pas être pire! Je me suis trompé.

J'étais avec Robbie pendant la pause dîner (à

la bibliothèque de l'école, histoire que personne ne nous embête) quand Kennedy s'est approchée de nous. J'espérais qu'elle venait pour s'excuser de la rumeur lancée par Catie, mais pas du tout. Elle voulait me parler, alors nous sommes sortis dehors et elle m'a dit qu'elle n'aimait pas trop que je fréquente Robbie et qu'il fallait que j'arrête de le voir, sinon les gens allaient commencer à croire que j'étais un voleur moi aussi.

J'ai répondu que Robbie n'était pas un voleur et que les gens commençaient à en faire un peu trop avec cette histoire. Mais d'après elle, un choix s'imposait à moi : soit passer du temps avec Robbie, soit passer du temps avec elle.

Comment en est-on arrivés là?!? Je ne veux pas choisir! Robbie est mon ami, mais en même temps j'aime Kennedy. En plus, elle est presque ma PETITE COPINE. Ce n'est pas juste! Comment peut-elle me dire des choses pareilles? Elle est plus cool que ça, normalement. Je n'aurais jamais cru qu'elle attacherait autant d'importance à ce que pensent les autres. Tout est la faute de Catie. Je me demande ce que ma mère me dirait de faire. Mais en vérité, si elle était là, je n'aurais jamais accepté de voler la caméra. Elle m'aurait tué de ses propres mains si elle l'avait appris.

Sincères salutations.
Arthur Bean

De : Arthur Bean <arthuraaronbean@gmail.com>
À : Kennedy Laurel <tropmimikl@hotmail.com>
Envoyé le : 24 avril, 20:31

Chère Kennedy,

J'ai beaucoup réfléchi et je ne veux pas avoir à choisir
entre toi et Robbie. Il ne vole aucun téléphone. Ce que
disent les gens de lui est faux. Et ce n'est pas parce que
son frère est un délinquant qu'il en est un lui aussi. Les
gens font toute une histoire de rien. C'est Catie qui a
lancé cette stupide rumeur qui n'est même pas vraie!
Et je me demandais ce que tu voulais dire par «passer
du temps avec toi»? Comme un couple? Tu sais que
j'adore quand on se voit et que je serais prêt à faire
n'importe quoi pour toi, non? Soit dit en passant, nous
ne sommes pas obligés d'être ensemble avec Robbie. Il
peut être un camarade à qui je consacre du temps seul
à seul. Je te promets que nous ne sortirons qu'avec tes
amis!

Sincères salutations.
Arthur Bean

De : Kennedy Laurel <tropmimikl@hotmail.com>
À : Arthur Bean <arthuraaronbean@gmail.com>
Envoyé le : 25 avril, 22:06

Arthur! Ce qu'a dit Catie n'est pas une rumeur, c'est
Robbie lui-même qui lui a AVOUÉ avoir volé la caméra!
Alors ce n'est pas n'importe quoi, ce que racontent les
gens! Je ne comprends pas pourquoi tu fréquentes un
minable pareil! Si tu penses que Robbie est quelqu'un
de bien, alors clairement tu as TRÈS MAUVAIS GOÛT

dans le choix de tes amis! Je t'aime beaucoup, Arthur, mais ça ne marchera pas entre nous si tu sympathises avec les mauvaises personnes!

Kennedy

25 avril

Cher JL,

Comme je n'arrive pas à prendre de décision, j'ai évité Kennedy et Robbie aujourd'hui à l'école. Von a essayé d'organiser une réunion spéciale du club AV parce qu'on avait manqué les deux dernières, mais j'ai dit à Mme Ireland que je ne pourrais pas y assister. Ça m'énerve qu'être amoureux crée des problèmes qui risquent d'affecter mon film. En plus, éviter Kennedy et Robbie ne fonctionnera pas toujours. (Quoique?) Demain, nous avons la réunion du journal et Kennedy va sûrement vouloir savoir qui j'ai choisi. Si je la désigne, je me demande si elle va se jeter à mon cou et m'embrasser fougueusement devant tout le monde. Ce serait drôlement romantique. Nous quitterions l'école en nous donnant la main et tous les gens nous regarderaient en pensant : «Jamais vu un couple aussi beau!»

Sincères salutations.
Arthur Bean

Allô Artie!

Comme tu le sais, l'initiative « l'École la plus écolo » débute en mai. J'aimerais beaucoup sortir une édition spéciale du Marathon mettant en lumière les actions que font les enseignants et les élèves pour sauver la planète. Aimerais-tu écrire un article de fond?
    On fera une séance de remue-méninges durant notre prochaine réunion, alors enfile ta casquette d'ami de l'écologie et commence à réfléchir!

Ciao!
M. E.

De : Kennedy Laurel <tropmimikl@hotmail.com>
À : Arthur Bean <arthuraaronbean@gmail.com>
Envoyé le : 26 avril, 17:19

Arthur!
Tu es parti très vite après la réunion du journal! Je voulais vraiment te parler! En plus, aujourd'hui il paraît que Robbie a CRACHÉ dans l'assiette de quelqu'un de façon à pouvoir lui-même la manger!
C'est DÉGOÛTANT!!

Kennedy

De : Arthur Bean <arthuraaronbean@gmail.com>
À : Kennedy Laurel <tropmimikl@hotmail.com>
Envoyé le : 26 avril, 19:27

Chère Kennedy,

Je m'excuse! Je sais qu'il faut qu'on se parle, mais j'avais promis à M. Tan de l'aider à déplacer le décor pour la pièce qui va bientôt commencer, alors je devais y aller. Je dois continuer à faire bonne impression si je veux pouvoir utiliser la salle d'art dramatique pour tourner notre film.
Et je t'assure que Robbie n'a absolument PAS craché dans l'assiette de qui que ce soit. J'étais dans la file avec lui et il ne ferait JAMAIS une chose pareille. Les gens passent leur temps à inventer tout un tas de trucs, et rien n'est vrai. J'aimerais tant que tu me croies!
Je ne peux pas t'appeler ce soir, mon père est très, très strict sur l'utilisation du téléphone après le souper, mais on devrait pouvoir se parler demain à l'école.

Sincères salutations.
Arthur Bean

De : Von Ipo <prochaineastwood@hotmail.com>
À : Arthur Bean <arthuraaronbean@gmail.com>
Envoyé le : 27 avril, 09:55

Allô Artie!

J'ai avec moi toute mon équipe de hockey et ils sont prêts à tourner toutes les scènes de batailles demain! Vous êtes toujours libres? Je me suis dit que vous n'aviez probablement rien de prévu le dimanche, étant donné que vous ne pratiquez aucun sport. J'ai aussi réussi à convaincre Ireland de nous laisser utiliser le gymnase après les cours la semaine prochaine pour filmer l'énorme dernière scène! En gros, je lui ai affirmé qu'elle était une entrave à notre éducation si elle nous empêchait de le faire! Ha ha! Elle l'a totalement cru! Dis-moi à quelle heure tu veux qu'on se retrouve! On n'aura qu'à distribuer les rôles une fois tous sur place. J'ai déjà pris note de quelques suggestions. Je sais ce qui conviendrait le mieux à chacun des membres de mon équipe, comme ça on est sûrs d'obtenir le meilleur d'eux-mêmes! Est-ce que tu veux que je demande aussi à des filles de venir? Je suis ami avec presque toutes les filles de huitième année, alors je suis certain de pouvoir en convaincre quelques-unes de nous rejoindre!

Von

> Von s'est mis dans le crâne qu'il tournait des scènes de notre film demain!

> y peu faire ce qui veut, je m'en fous. autant que tu le rejoigne. de toute façon on voudra pas de moi.

> Oui, enfin, je ne vois pas comment il peut réaliser des scènes de NOTRE film sans qu'on soit présents tous les deux. Si tu n'y vas pas, je n'y vais pas non plus.

> t'y va. en plus je crois que je vais déménager alors t'a besoin d'1 nouveau directeur artistic.

De : Von Ipo <prochaineastwood@hotmail.com>
À : Arthur Bean <arthuraaronbean@gmail.com>
Envoyé le : 28 avril, 23:15

Allô Artie!

Tu nous as manqué ce week-end! Comme mes gars étaient en place, on a commencé à tourner des scènes. Elles sont DÉMENTES! J'ai hâte de te les montrer! Franchement, c'est le meilleur boulot que j'aie fait jusqu'à présent!
Eh les gars, vous serez à la réunion de production cette semaine, non? Il faut qu'on organise les scènes où il y a des filles dedans. Tu penses qu'on pourrait ajouter le rôle d'une petite copine pour Arnold? Une qui soit très jolie?

Von

▸▸ ▸▸ ▸▸

30 avril

Cher JL,

Kennedy m'a plaqué. Elle m'a plaqué, alors qu'on n'est jamais vraiment sortis ensemble. Oh, JL, rien que de voir ces mots écrits me donne envie de vomir. Si tu savais comme elle me manque déjà!
On s'est vus après les cours et je lui ai dit que je trouvais son attitude enfantine et que je ne voulais pas avoir à choisir entre elle et mon

meilleur ami. Ce à quoi elle a répondu que parfois dans la vie il faut prendre des décisions difficiles. Oui, sauf que je ne pouvais pas abandonner Robbie maintenant, parce que sinon il n'aurait plus personne à ses côtés. En plus, il risquait de déménager dans un endroit terrible. Elle a trouvé que j'étais un bon ami qui prenait de mauvaises décisions. Et cela l'attristait de ne pas pouvoir profiter de ma belle amitié. J'ai essayé de ne pas pleurer devant elle, JL, mais je n'ai pas réussi. Au moins, elle aussi a donné l'impression qu'elle était sur le point de pleurer. Ce que j'écris la rend peu sympathique, JL, mais je suis sûr que tout ça ne se serait jamais déroulé si elle n'était pas amie avec Catie.

Je crois que j'ai fait le mauvais choix, JL. Elle me manque tellement. J'aurais dû faire plus d'efforts pour sortir avec elle! Si je m'étais mieux débrouillé, elle aurait attaché plus d'importance à mes amis!

Sincères salutations.
Arthur Bean

MAI

ÉCOLE DE ZOMBIES

D'Arthur Bean et Robbie Zack et Von Ipo

Prise de notes de la réunion de production
du 2 mai .

Nous devrions annuler le projet, vu que Robbie
n'y participe plus. – AB

Jamais de la vie! On le maîtrise tous les deux!
J'ai plein de gens sur qui on peut compter. Et
on a le gymnase à notre disposition vendredi
prochain après les cours. J'ai aussi écrit une
nouvelle scène pour que Maya joue le rôle de la
petite copine zombie d'Arnold, même qu'à un
moment quand ils s'embrassent, elle essaie de
lui bouffer le visage et il est obligé de la tuer!
– VI

Je crois que vous pouvez avancer sur ce projet
avec ou sans Robbie. Il a juste besoin de consacrer
un peu de temps à ses études et à régler des
problèmes familiaux. Continuons de travailler
ensemble tout en lui gardant une place, s'il se
décidait à revenir. – Mme Ireland

▶▶ ▶▶ ▶▶

5 mai

Cher JL,

J'ai passé le week-end entier à lire et à ignorer tout le monde, y compris mon père. J'ai décidé de faire comme si je n'existais pas et j'ai commencé un nouveau roman. J'ai lu ce texte de John Green qui m'a fait comprendre qu'il y avait des choses beaucoup plus graves dans le monde que de se faire plaquer. Comme de voir sa petite amie mourir. C'est pire, et de loin. En plus, je sais ce que c'est que d'avoir quelqu'un qui meurt autour de soi. Évidemment qu'il a raison. Alors après ce week-end, quand j'irai à l'école, je vais tout arranger, d'une manière ou d'une autre.

Sincères salutations.
Arthur Bean

▶▶ ▶▶ ▶▶

Arthur,

Je n'ai toujours pas reçu ton devoir qui était à rendre le 3 mai. Cette habitude que tu as prise de remettre tes devoirs en retard doit cesser. Tu peux faire mieux que ça, Arthur! Tu me l'as déjà démontré si souvent! Mme Ireland a suggéré que le film sur lequel tu travailles empiète peut-être sur ton travail scolaire. Il est important de prioriser ses obligations et en cas de circonstances atténuantes, demande-moi à l'avance l'autorisation d'une extension. Merci de venir me voir après la classe pour la mise en place d'un plan qui permettra que tes prochains devoirs soient plus travaillés et rendus à temps.

Mme Whitehead

6 mai

Cher JL,

C'est décidé. J'arrête les cours et je m'auto-
éduque avec des films, des livres et Wikipédia.

Je suis retourné à l'école pour voir Robbie
traité comme s'il n'était qu'une traînée de morve.
Les gens l'évitent, se moquent de lui, il y en a
même qui ont craché à ses pieds alors que nous
attendions de prendre l'autobus pour rentrer chez
nous. En plus, il se comporte comme un crétin
avec moi! Je suis la seule personne encore gentille
envers lui et au lieu de m'en être reconnaissant,
j'ai droit au retour de Robbie l'Abruti. Je ne
comprends pas.

Et puis, partout où je pose mon regard,
j'aperçois Kennedy. Même pendant la réunion
générale des élèves, aujourd'hui, je suis tombé
directement sur elle dans les gradins sans le faire
exprès. Et après je ne pouvais pas m'empêcher de
constamment la chercher du regard, à m'assurer
qu'elle était bien assise au même endroit, tout en
me disant qu'elle était vraiment jolie. C'est nul, JL.
C'est TROP nul!

Sincères salutations.
Arthur Bean

DEVOIR : HISTOIRE DE DILEMME

D'Arthur Bean

Neal était comptable. Il vivait selon les règles établies. Il aimait porter une cravate tous les jours où il travaillait. Il conduisait son 4x4 couleur marron clair au bureau et il soulevait des haltères pendant son heure de dîner.

Un jour, il reçut un courriel. Neal, en tant que comptable, aimait en recevoir, surtout si des tableaux Excel étaient insérés en pièces jointes. En ouvrant son courriel, Neal se rendit compte que l'expéditeur était un prince nigérien! Il lui fallut une minute avant de déchiffrer la grammaire rudimentaire et les fautes d'orthographe mais, en substance, voilà ce que ça disait :

« J'ai 3 millions de dollars sur un compte à l'étranger à votre nom. Cet argent pourrait être le vôtre, Neal, mais uniquement à la condition que vous me communiquiez les données de votre compte en banque, accompagnées de tous les documents comptables dont vous disposez sur votre ordinateur. Si vous ne vous exécutez pas, non seulement vous ne disposerez pas des 3 millions de dollars, mais en plus, moi, le prince nigérien, j'enlèverai votre femme, et j'en ferai ma princesse. »

Neal reçut comme un coup dans l'estomac. Devenir riche, mais perdre tous ses tableaux comptables? Ou être pauvre et perdre sa femme, qui gagnerait une vie meilleure à être princesse? Que choisira-t-il? Le choix est difficile.

À SUIVRE...

Arthur,

Je suis certaine que parmi tous mes élèves,
tu es celui qui aurait pu trouver un dilemme
beaucoup plus intéressant pour cet exercice.
Puisque tu te considères comme un écrivain,
envisage ces textes à contraintes comme une
façon de t'exercer pour écrire quelque chose
de plus important, comme des scénarios
de films ou des romans. J'apprécierais
grandement que tu t'investisses davantage
pour améliorer la qualité de ton travail,
surtout après notre conversation de lundi.

Mme Whitehead

▶▶ ▶▶ ▶▶

9 mai

Cher JL,

Encore un anniversaire ridicule.

Je croyais qu'il fallait attendre d'être vieux,
par exemple dans la trentaine, pour détester son
anniversaire.

Ce matin, papa m'a réveillé super tôt et je n'ai
même pas pu faire la grasse matinée. Il a demandé
si je voulais qu'on soupe à l'extérieur ce soir et si
j'avais envie d'inviter Anila ou Robbie. Ça montre
combien il m'a prêté attention.

Et puis il m'a à nouveau questionné sur
la caméra! Il ne va jamais lâcher cette affaire.
Ensuite, sans prévenir, il a mentionné le camp
de vacances, cherchant à savoir si j'avais envie
d'y retourner, et s'il y avait quelque chose que je
devais faire pour que cela soit possible. J'étais trop
mal à l'aise!

Et me voilà prêt à partir pour une autre
journée minable et détestable à l'école, une journée
d'autant plus pourrie que c'est mon anniversaire

et que ce jour-là devrait être génial. Déjà quand c'est une journée normale, c'est plate, alors là c'est encore pire.

Sincères salutations.
Arthur Bean

▶▶ ▶▶ ▶▶

10 mai

Cher JL,

Je vais écrire une lettre à Kennedy où je lui dis que je l'aime. Je suis en train d'élaborer le texte parfait. Voilà où j'en suis :

Chère Kennedy,
Je tenais à te dire combien tu me manquais.
J'ai fait une énorme erreur! J'aurais dû te choisir.
Tu es si magnifique, si merveilleuse, je n'ai pas
envie de ne pas être ton petit ami. Je peux être
mieux. Je peux me mettre à ton entière disposition.
Je te laisserai toujours choisir le film qu'on ira
voir. Je ne te contredirai jamais, même quand tu
proclames que Star Wars est sexiste et débile. Je te
tricoterai les plus beaux chandails jamais réalisés,
et les motifs et la couleur seront chaque fois de ton
choix. Je te cuisinerai des biscuits tous les jours et
j'apprendrai à préparer des gâteaux au fromage au
chocolat et à la cerise, parce que c'est ton dessert
préféré!
Je suis prêt à faire TOUT ce que tu veux si tu
acceptes d'être ma petite amie.
Je l'envoie aujourd'hui, JL! Rien ne peut m'arrêter!

Sincères salutations.
Arthur Bean

Dis, tu penses qu'on a besoin d'1 bazooka zombie pour le film?

genre au lieu de tirer des balles il envoie des têtes tranchés et du coup pendant que les zombies bouffent les cervo, on se pointe et on les dessend pendant leur repas.

C'est génial comme idée! Il y a eu des rénovations au boulot de mon père, ils disposent peut-être de rouleaux géants sur lesquels était enroulée la moquette. Je parie qu'il peut nous en récupérer un si je lui demande!

Est-ce que ça veut dire que tu seras présent à la prochaine réunion de production?

quitte à ce qu'elle me pourrisse la vie autant utiliser cette stupide caméra, mais je peux pas tourner tout de suite parce que ma mère é en ville et kon discute « du futur de notre famille ». BEURK.

On le fera plus tard. Pas de souci! Par contre, tu en parles à Von!

10 mai

Cher JL,

Ce n'est pas grave. Je dirai ce que je ressens à Kennedy plus tard. J'ai un truc à régler avant.

Sincères salutations.
Arthur Bean

▶▶ ▶▶ ▶▶

12 mai

Cher JL,

Ce matin, Nicole est arrivée chez moi avec l'intention de m'emmener au zoo. Ça ne me tentait pas, mais elle m'a dit qu'elle tenait à voir le tigre blanc en visite au zoo, que Dan était en déplacement et qu'elle ne voulait pas y aller seule.

Alors nous sommes allés au zoo. Je n'y étais pas retourné depuis mes neuf ans. En réalité, elle avait une idée derrière la tête. Elle et Dan emménagent ensemble. Ils ont loué une maison de ville dans Bowness. Je ne savais pas trop quoi dire. Je ne veux pas qu'elle parte dans un autre quartier parce que je ne la verrai probablement plus jamais une fois qu'elle aura déménagé. Elle a déclaré qu'elle nous rendra visite et que nous serons invités à souper chez eux, mais j'en doute.

Mais alors qu'on marchait le long de la rivière pour aller se prendre des pizzas du côté d'Inglewood après notre visite au zoo, devine sur qui je suis tombé?

Anila.

Elle était en train de ramasser des ordures sur la berge avec son groupe écolo. Et je me suis rappelé qu'en octobre dernier j'avais dit que je l'aiderais à le faire et je me suis senti vraiment, vraiment, mal. Quand elle m'a salué et demandé comment j'allais, polie et impeccable comme toujours, j'ai eu tellement honte que j'étais au bord des larmes. C'était trop gênant, JL! Je me suis mis à tousser et après j'ai dit que j'allais bien, mais que j'avais des allergies en ce moment; il est clair qu'elle savait que je mentais. Alors elle m'a demandé si je voulais les aider avec le nettoyage de la berge. Nicole avait de la laine à aller chercher, je pouvais l'appeler quand j'avais terminé. Donc je suis resté, même si après j'ai fini avec les souliers trempés et les mains gelées et dans un état dégueulasse.

Mais j'ai parlé à Anila. C'était agréable. Je ne pouvais pas la regarder en parlant parce qu'on ramassait des mégots de cigarettes et des ordures. Et au final, je lui ai tout raconté. Et quand je dis tout, JL, c'est TOUT. Je lui ai dit pour le vol de la caméra, pour Kennedy qui m'a demandé de choisir, pour les autres qui, à l'école, se comportent comme des monstres avec Robbie, et aussi pour le retour de la mère de Robbie qui nous gâche la vie. Elle a simplement écouté. Sans paraître trop énervée par ce que je lui révélais. Pour l'histoire de la caméra, elle a été très mécontente — il faut dire que ses parents sont amis avec les propriétaires du camp — mais quand je lui ai appris que nous voulions la retourner, elle a annoncé qu'elle allait réfléchir à un moyen pour nous de la rendre. Je ne crois pas qu'elle aille nous dénoncer à la police, ce qui est plutôt bien. Elle comprend ce que peut ressentir Robbie parce qu'elle-même a été victime d'intimidation dans son ancienne école, à tel point qu'elle a dû changer d'école. J'avais vraiment envie d'en savoir plus parce que je n'ai aucune idée de ce sur quoi on peut l'embêter. Ses dents, peut-être? Ou alors parce que parfois, elle donne l'impression de prendre un accent australien quand elle s'exprime?

En tout cas, je me sens plutôt bien, si ce n'est que je suis épuisé et que j'ai juste envie de dormir. Sûrement à cause de tous ces déchets que j'ai ramassés!

Sincères salutations.
Arthur Bean

▶▶ ▶▶ ▶▶

ÉCOLE DE ZOMBIES

D'Arthur Bean, Robbie Zack et Von Ipo

Prise de notes de la réunion de production du 16 mai

Trop excité qu'on puisse filmer la grande scène finale vendredi prochain! J'ai parlé à tout le monde du changement de date et en gros toute mon équipe de hockey sera là, et certaines de leurs copines. J'ai même convaincu quelques-uns de leurs parents de venir aussi et de jouer les profs zombies pour nous! Ça va être génial! – VI

comment on va accrocher une pelle et un bazooka à mon bras et que ça fasse vrai? – rz

Tu as intérêt à n'avoir dit à personne qu'ils seraient payés, Von! C'est un geste purement bénévole en vue d'être célèbre. J'ai du mal à croire qu'autant de personnes seront présentes juste pour s'amuser. – AB

Il serait judicieux de se remettre en tête la totalité des recommandations du club AV avant le tournage, sachant qu'il y a de nombreuses clauses qui risquent d'affecter votre film.

Assurez-vous également de me remettre les autorisations parentales indiquant que vous pouvez rester après 18 heures, le 24 mai. Si je n'ai pas ces documents signés, vous ne serez pas autorisés à poursuivre votre tournage, pour des questions de responsabilités. – Mme Ireland

RECOMMANDATIONS DU CLUB AV - MODIFIÉ N° 6

1. Tout élève peut participer au club AV.
2. Tout matériel doit être réservé et nécessite une signature au moment de son utilisation et de son retour.
3. Amusez-vous!
4. On ne peut filmer que dans les espaces autorisés de l'école. Aucun tournage ne peut avoir lieu dans les endroits interdits aux élèves, comme le sous-sol, le toit et la salle du personnel.
5. Aucune arme à feu ne figurera dans le film, et la présence de quelque autre arme sera réduite à son minimum.
6. Tout matériel doit être fourni par les élèves ou par la section théâtre. Toute demande de matériel additionnel doit passer par les administrateurs du club AV.
7. Tout effet spécial concernant des explosions est expressément interdit.
8. Un scénario est indispensable à la réussite d'un projet.
9. Le langage employé dans le scénario et sur le tournage doit être approprié à tous les âges.

10. Une autorisation parentale ou du tuteur légal doit être obtenue pour un tournage après les heures de classe.

▶▶ ▶▶ ▶▶

19 mai

Cher JL,

J'ai réfléchi à tout un tas de trucs en fin de semaine, comme la perte de proches. J'ai toujours trouvé bête qu'on te dise que tu perdais quelqu'un quand il mourait. Ce n'est absolument pas vrai. Cette personne n'est pas perdue. Elle est partie.

À l'image de ma mère. Je ne l'ai pas perdue. Je sais exactement où elle est. Je n'aime pas, mais je le sais. Alors je pense qu'on devrait faire en sorte de dire qu'on perd quelqu'un quand on se sépare. Parce que j'ai véritablement perdu Anila, et puis je l'ai retrouvée. Elle n'est pas exactement la même, mais à mon avis, nous sommes encore amis.

J'ai perdu Kennedy, mais un jour je la retrouverai aussi. Après tout, nous sommes faits l'un pour l'autre. Même elle le sait, mais elle est juste effrayée de commencer déjà le reste de sa vie.

Je crois, JL, que je vais perdre d'autres personnes, cette année aussi. Cela ne concerne pas seulement les petites copines, mais les amis également.

Nicole habitera si loin l'an prochain. Et avec la chance que j'ai, nos nouveaux voisins seront des vieux qui sentiront le chou-fleur et qui hurleront pour qu'on baisse le son de la télévision.

Je risque de perdre Robbie aussi, si effectivement il part vivre avec sa mère. Chose que je comprends tout à fait. Personne ne s'adresse à lui, à l'école, ou, si quelqu'un lui parle, c'est pour lui dire des méchancetés. Mais alors, il me restera qui?

Sincères salutations.
Arthur Bean

De : Anila Bhati <anila.i.bhati@gmail.com>
À : Arthur Bean <arthuraaronbean@gmail.com>
Envoyé le : 21 mai, 18:37

Cher Arthur,

Je pense avoir trouvé un moyen de retourner la caméra au camp de vacances sans que personne ne s'en aperçoive. Je n'en suis pas encore complètement convaincue, mais dès que j'ai plus d'informations, je te tiens au courant. Cela risque d'être une opération délicate, mais j'ai comme l'impression que tu es doué pour agir sans attirer l'attention.

Sincères salutations.
Anila

De : Arthur Bean <arthuraaronbean@gmail.com>
À : Anila Bhati <anila.i.bhati@gmail.com>
Envoyé le : 21 mai, 19:02

Chère Anila,

Vraiment? Ce serait absolument fantastique. J'ai hâte
que tu m'exposes ton plan! Et je peux véritablement
passer inaperçu.
Merci beaucoup pour ton aide. Je sais que tu n'en es
pas obligée, et je sais que je n'ai pas été cool avec
toi, mais je suis heureux que tu sois une si chouette
personne.

Sincères salutations.
Arthur Bean

> Anila a un plan pour rendre la caméra sans se faire prendre!

du genre?

> Je ne sais pas encore exactement. Mais elle est très intelligente, je lui fais confiance. Je n'arrive pas à croire qu'elle nous aide. Est-ce que tu crois que c'est parce qu'elle m'aime encore?

non, j'y croi pas 1 instant.

> J'espère juste qu'elle ne s'imagine pas des choses. De toute façon, je ne clarifierai rien avant qu'on ait retourné la caméra. On a besoin d'elle!

De : Anila Bhati <anila.i.bhati@gmail.com>
À : Arthur Bean <arthuraaronbean@gmail.com>
Envoyé le : 22 mai, 19:03

Cher Arthur,

OK, ça y est, mon plan est au point.
Tomasz et Halina ont invité mes parents à souper
vendredi soir. J'ai supplié ma mère de nous amener. Je
lui ai dit qu'on s'était parlé, et que, comme le camp de
vacances nous manquait beaucoup, nous souhaitions
aider à sa remise en état avant le début de l'été. Elle
a demandé à Tomasz s'ils avaient besoin d'aide, et il
a répondu qu'effectivement, nous pourrions leur être
utiles pour certaines tâches.
J'apporterai mon sac à dos en disant qu'il contient mes
devoirs (mais il y aura la caméra à la place).
Ensuite, après le repas, nous leur demanderons si on
peut faire un tour dehors. Comme ils discuteront, ils
nous laisseront faire et on en profitera pour cacher la
caméra dans un endroit où ils n'auront pas pensé à
regarder!
Qu'est-ce que tu en dis?
C'est plutôt simple, comme plan, mais à mon avis
ça devrait fonctionner. Par contre il faudra peut-être
nettoyer deux ou trois choses pendant que nous serons
là-bas. Je n'ai aucune idée du genre de tâches pour
lesquelles ils ont besoin de nous.

Sincères salutations.
Anila

Bien reçu ton courriel. Super plan, Anila! Mais n'y aurait-il pas moyen que tu puisses décaler le souper à samedi ou dimanche soir? On aurait bien besoin de la caméra vendredi.

Tu plaisantes, là, Arthur.

Bien sûr. Totalement. C'est une blague! Je parie que mon esprit acerbe te manquait! J'ai demandé à mon père l'autorisation et il a dit oui. Est-ce qu'en chemin, tes parents peuvent venir me chercher?

▶▶ ▶▶ ▶▶

23 mai

Cher JL,

J'espère que le plan d'Anila va marcher.

J'en ai parlé à Robbie qui se moque de la façon dont on remet la caméra à sa place, du moment qu'elle n'est plus là.

D'après lui, de toute façon, personne ne va venir demain pour le tournage de la scène dans le gymnase. Et puis, on filmera ma partie plus tard et on assemblera les deux à l'aide de l'ordinateur. Robbie pense que Von maîtrise ce genre de procédé.

Von a été du genre super déçu que je ne puisse pas être là vendredi. Je ne le supporte pas, ce gars!

Comme s'il n'était pas complètement satisfait d'avoir l'occasion d'être la star (au moins dans sa tête) et de me piquer toutes mes super scènes et mes répliques géniales!

Mais je refuse d'y penser, JL. Je vais ENFIN pouvoir rendre la caméra et prétendre que tout ça n'a jamais eu lieu. Le meilleur en plus, c'est que Tomasz ne soupçonnera jamais Anila et moi d'avoir participé au vol. Nous ne sommes pas ce genre de personnes!

Sincères salutations.
Arthur Bean

MISSION ACCOMPLIE

kel mission? de koi tu parles?

On a fermé l'obturateur!

t sûr ke tu textes la bonne personne. je comprends rien

Oublie. J'ai rendu la caméra.

oh. cool. merci

25 mai

Cher JL,

La caméra a retrouvé sa place! Mais tu parles d'une aventure!

Je ne savais pas trop par quel moyen on allait la remettre où on l'avait prise, alors je me suis habillé tout en noir pour aller chez les Zloty. Je portais un chandail à col roulé noir, un pantalon noir, même ma tuque était noire. Mais quand Tomasz m'a aperçu, il m'a demandé si je comptais auditionner pour le rôle d'un cambrioleur. Je suis persuadé qu'il m'a vu rougir, mais pour cacher ma gêne, j'ai éclaté de rire en lui annonçant que j'essayais un nouveau style, celui d'un poète.
Il a trouvé ça drôle, j'étais soulagé, mais Anila, qui avait l'air mal à l'aise, m'a invité à retirer ma tuque.

En fait, je n'étais jamais entré dans la maison des Zloty avant. Au camp de vacances, c'était comme une zone interdite. Ce n'était pas physiquement impossible, mais il n'y avait aucune raison de s'y aventurer. Ce doit être tellement bizarre de vivre dans cet endroit toute l'année. Je me demande si ça leur fout la trouille, parfois, d'être aussi isolés dans les bois. Moi je m'en ferais! Leur maison n'a pourtant pas l'air menaçante. On dirait qu'ils ont été la chercher en ville et qu'ils l'ont posée dans les bois.

Sinon, exactement comme l'avait prédit Anila, les adultes se sont lancés dans une conversation intense et ennuyeuse, alors Anila a demandé s'il y avait quelque chose qu'on pouvait faire sur place. Tomasz avait besoin qu'on sorte toutes les chaises de la remise, qu'on les essuie et qu'on les place à chaque table. Nous avons failli oublier de prendre la caméra avec nous quand nous sommes sortis, il a fallu que je revienne discrètement sur mes pas jusqu'au placard de l'entrée et que j'attrape le sac d'Anila. J'ai été la discrétion même. Après avoir abandonné mes chaussures à l'extérieur, je me suis glissé en chaussettes et j'ai agrippé le sac très lentement et puis je suis ressorti sans me faire voir.

C'était un peu lugubre de se retrouver dans cet endroit vide, sans personne. Nous nous sommes rendus dans la cafétéria et c'est à ce moment-là que j'ai eu la super idée de cacher la caméra sous la pile de chaises et de tables cassées entreposées au fond de la salle de rangement! Il nous a d'abord fallu apporter toutes les chaises aux tables (il y en avait au moins deux cents!) et alors, tout à fait dans le fond de la pièce, j'ai glissé la caméra sous une couverture qui sentait le moisi et nous l'avons laissée là. Ensuite, nous avons pris des seaux et des éponges et nous avons nettoyé toutes les chaises et les tables.

Il y avait tant à faire, et j'avais oublié qu'Anila placotait autant. Elle n'arrête jamais de parler! Quand les adultes nous ont tous rejoints pour nous avertir qu'il était temps de partir, Anila a été exceptionnelle, elle a dit : «Oh! Tomasz! J'ai cru apercevoir de vieux appareils électroniques parmi les choses cassées. Serait-il possible d'emprunter une vieille machine à écrire si jamais il y en avait une?» Du coup, nous sommes tous allés à la remise et... la caméra était là! Tomasz était si heureux. Je lui ai dit que j'avais cru la voir, mais que j'avais oublié d'en parler, pour qu'il ne pense pas que je faisais de la rétention d'information. Quand Halina a déclaré qu'ils avaient cherché cette caméra partout, j'ai dit que je me rappelais qu'un groupe de jeunes avait tourné un film sur des monstres dans un placard, ils avaient dû l'oublier là. C'était une de mes meilleures prestations d'acteur, JL.

Désormais, la caméra est là où elle devrait être et personne ne saura jamais qu'elle a été en possession de Robbie. Peut-être qu'il y aura des élèves de l'école au camp de vacances cet été, et ils se diront que Robbie n'a jamais volé la caméra puisqu'elle sera là. Alors tout redeviendra normal l'année prochaine. Ce serait génial. Et Kennedy réalisera qu'elle avait tort, et elle sera prête à tout pour se faire pardonner… Et peut-être que Catie et Von changeront d'école. Et tout sera presque parfait.

Sincères salutations.
Arthur Bean

▸▸ ▸▸ ▸▸

DEVOIR : L'ÉMOTION COMME SOURCE D'INSPIRATION

Pour notre devoir le plus important de l'année, veuillez choisir un événement de votre vie de ces derniers mois et faites-en un texte littéraire. Cela peut prendre la forme que vous souhaitez et être romancé, mais ce texte doit être tiré d'une chose qui vous est arrivée et qui a suscité une réaction émotionnelle forte de votre part.

N'oubliez pas d'incorporer dans votre texte des éléments narratifs que nous avons étudiés cette année, mais votre principal objectif reste l'émotion. Faites en sorte que votre lecteur ressente quelque chose!

À rendre le 14 juin

▸▸ ▸▸ ▸▸

SOYEZ ÉCOLOS AVEC ARTHUR BEAN

D'Arthur Bean

Ceci est le premier article d'une série intitulée : « Soyez écolos avec Arthur Bean », dans lesquels je vous apprendrai des façons novatrices et palpitantes de sauver la planète. J'ai interrogé des experts, tels qu'Anila Bhati, qui est la présidente du club de l'environnement à l'Académie Sam Livingston, ainsi qu'un adolescent, connu à Calgary pour être militant pour l'environnement. J'ai également fait des recherches sur Internet.

Je parie que vous vous dites que vous faites déjà des choses pour sauver la planète. Bien sûr, vous recyclez et peut-être même que parfois, vous pensez à faire usage d'un sac réutilisable. Mais je suis là pour vous annoncer que ce n'est pas suffisant! Vous ne faites pas autant que vous pouvez, et à cause de cela, vous détruisez la Terre. Oui. Elle aura peut-être disparu avant même que vous ayez des petits-enfants, et ce sera votre faute. Alors modifiez vos comportements avant qu'il ne soit trop tard! Comme on doit tous commencer quelque part, j'ai demandé à la jeune experte, Anila Bhati, quelles sont les actions les plus importantes pour elle. D'après elle, la meilleure chose serait de faire attention à ce qu'on mange. Alors voici trois astuces pour vous :

1. Faites les courses avec votre mère et dites-lui d'acheter local, le plus souvent possible. Et mangez des produits de saison. Les fraises n'ont aucun goût en hiver, alors vous devriez seulement en consommer l'été. Selon Anila, non seulement vous aiderez la planète, mais également vos papilles gustatives. Les aliments ont plus de saveur quand ils ne sont pas stockés dans des entrepôts ou des camions en attendant de mûrir.

2. Ne mangez pas de requin. J'ai visionné un documentaire et les requins sont en danger. Les

humains tuent entre 63 et 273 MILLIONS de requins par an. J'ignorais qu'il y en avait autant sur Terre! En plus, il est très facile d'éviter d'en manger. Je parie que c'est déjà le cas pour la plupart d'entre vous. Alors, poursuivez dans ce sens! Il vaut mieux qu'un requin vous dévore, plutôt que l'inverse.

3. Faites du compost avec vos déchets alimentaires. Calgary a un programme de compost seulement pour les quartiers du sud-ouest, alors nous ne devrions pas en obtenir un avant longtemps. Cependant il est possible de se procurer un lombricomposteur, ce qui est génial puisque vous aurez alors des vers comme animaux domestiques. S'occuper d'un compost n'est pas évident, parfois cela sent mauvais et il faut y faire attention si vous ne voulez pas vous retrouver avec des larves partout. Mais comme vous ne souhaitez pas détruire la planète, il faut surmonter votre dégoût des larves et les aimer comme vous aimez vos nouveaux amis les vers.

J'espère que ces astuces vous ont été utiles! Rendez-vous l'an prochain pour un peu plus de : « Soyez écolos avec Arthur Bean! ».

Artie,

J'aimerais pouvoir dire que je suis surpris de la façon dont tu abordes ce sujet, mais je commence à te connaître maintenant!
    Merci de confirmer que tes informations sont sûres – il est impossible que le chiffre concernant les requins soit exact, non? Adoucissons un peu le sentiment d'attaque de ton texte (la plupart des gens n'aiment pas se faire faire des reproches) et nous pourrons discuter de l'éventualité d'en faire une rubrique récurrente l'année prochaine.

Ciao!
M. E.

ÉCOLE DE ZOMBIES

D'Arthur Bean, Robbie Zack et Von Ipo

Prise de notes de la réunion de post-production

C'était trop bien, vendredi soir! On a pu filmer tellement de choses et j'ai consacré une partie de la fin de semaine à monter les différents plans ensemble. C'est pratiquement terminé! On forme une super équipe de production, quand même!
– VI

les animations rendent bien. j'aime ce que tu as fait avec le zombie grizzli. pas mal pour un ammateur. – rz

Je n'arrive pas à croire que vous ayez pu TOUT tourner sans moi! J'étais un des personnages principaux! Notre intrigue pouvait permettre la réalisation d'un film de la longueur de ceux de James Cameron. Comment avez-vous pu tout supprimer et réaliser un film de quinze minutes? J'ai travaillé sur ce projet toute l'année! Quelle perte de temps! Et ce n'est pas le nom de Von qui devrait apparaître en dernier au générique. Les gens vont penser qu'il a fait tout le travail alors que depuis le départ il s'agit d'une idée de Robbie et moi. C'est moi qui ai pratiquement tout orchestré. J'ai manqué une simple journée et ça a suffi pour m'éjecter du film? – AB

Dans le cinéma, beaucoup de choses se font dans l'ombre, Arthur. Si tu recherches la reconnaissance immédiate de ton art, peut-être devrais-tu rejoindre le club de théâtre, l'année prochaine. Je trouve que Von a fait un excellent

travail à partir du projet auquel vous avez tous
collaboré. – Mme Ireland

30 mai

Cher JL,

Je n'arrive toujours pas à digérer que Von ait
fait MON film sans moi! Je déteste ce type! Et
Robbie qui trouve ça bien, en plus. Franchement,
j'en doute. Je n'ai absolument pas envie de le
visionner. Sauf que j'ai quand même envie de le
visionner pour savoir ce qui me déplaît. Quand je
pense que c'était mon scénario (enfin, celui de moi
et Robbie) et qu'il en a fait un film pour enfants.
Je ne parviens pas à comprendre comment il a
pu animer les illustrations de Robbie et les rendre
aussi belles. Et comment ça se fait que Robbie
l'ait autorisé à faire ça? C'est sûrement à cause
de l'histoire de ses parents et de Caleb, il est si
bouleversé qu'il a accepté sans réfléchir.

Sincères salutations.
Arthur Bean

JUIN

t tjrs en colère pour le film?

Oui.

on peut faire ta verssion si tu veux.

Non. Je ne veux plus en entendre parler.

dac. tu veux passer? g une idée pour 1 film.

Ah oui? Il est question de trahison?

non. d'1 robot dans une zone de guerre qui devient 1 exterminateur de terroristes.

Je suis là dans 30 minutes.

De : Von Ipo <prochaineastwood@hotmail.com>
À : Arthur Bean <arthuraaronbean@gmail.com>
Envoyé le : 4 juin, 17:02

Allô Artie!

J'ai parlé à Whitehead aujourd'hui et elle est d'accord pour que notre film remplace notre dernière rédaction.

J'imagine qu'Ireland lui a dit qu'on était des petits génies. Trop bien, non?!

Von

▸▸ ▸▸ ▸▸

4 juin

Cher JL,

Si Von croit que je vais partager une note avec lui et utiliser le film comme dernier devoir de rédaction, il se met le doigt dans l'œil. Qu'est-ce qui lui fait dire que c'est bon, en plus? Je vais montrer à Mme Whitehead que j'écris beaucoup mieux seul et je vais lui remettre une bien meilleure histoire que ce truc de zombies.

Sincères salutations.
Arthur Bean

▸▸ ▸▸ ▸▸

7 juin

Cher JL,

Aujourd'hui, c'est le second anniversaire de la mort de maman. Au début je pensais aller à l'école, mais je n'ai pas eu la force de me lever ce matin, alors je suis resté à la maison. Papa n'est pas allé travailler non plus. C'était un peu bizarre. On a pris le déjeuner devant la télé, mais comme on ne reste jamais à la maison la semaine, on ne savait pas quel programme sélectionner, alors on a fini par regarder des jeux. Puis papa a déclaré qu'il voulait aller camper en fin de semaine. Si c'est pas bizarre, ça!

Je ne suis pas certain d'avoir envie de l'accompagner. J'avais prévu de passer du temps avec Robbie. En fait, je suis censé faire mon sac, là, maintenant, pour aller à Banff. Papa a dit qu'on pourrait profiter des sources chaudes, ce qui me paraît plutôt chouette, mais il a dit aussi qu'on irait faire de la randonnée samedi dans la journée, ce qui me paraît déjà beaucoup moins amusant. Ça nous arrivait d'aller dans ce parc national, l'hiver, pour faire du ski de fond parce que maman aimait ça. Cela fait très longtemps que nous ne nous y sommes pas rendus. J'espère que la pizzeria que j'aime bien est toujours ouverte. À bien y penser, un week-end à Banff, c'est quand même mieux que de visiter un cimetière. Peut-être que papa a enfin eu une bonne idée.

Sincères salutations.
Arthur Bean

c'était coment banf?

Pas si horrible que ça. Je crois que j'aime bien camper. J'ai appris à faire du feu et quelles baies rouges sont mortelles. Je serai bientôt un homme de la montagne. Il ne me manque plus que la barbe! Ha!

toi avec une barbe est l'image la + drole ki soit! regarde 1 peu!

▶▶ ▶▶ ▶▶

10 juin

Cher JL,

Ma fin de semaine de camping avec papa était très étrange, mais dans un sens positif. Premièrement, on a beaucoup parlé. On n'a parlé de rien d'important, mais il m'a raconté des histoires de camping du temps où il était enfant et autres choses du genre. Semble-t-il que mon père adore faire du camping et que ma mère détestait ça, alors on n'en a jamais fait. Un soir, assis autour du feu de camp (JL, il fait tellement froid la nuit dans les montagnes que je voulais mourir), mon père a encore parlé de la caméra. Il a été très rusé, il m'a simplement demandé si j'avais retourné la caméra au camp de vacances la semaine dernière, comme si de rien n'était. Alors j'ai répondu « oui », et il a répliqué : « Bien. Je ne voulais pas avoir à la retourner pour toi. Ne fais plus jamais de truc de ce genre-là. » J'ai dit : « d'accord » et il a répondu : « C'est bon ».

C'est tout. Je me demande comment il savait que je mentais et pourquoi il n'a rien dit. En plus, comment l'aurait-il retourné sans que je sois dans le pétrin? Je suis content qu'il n'ait pas eu à le faire. Mais pourquoi ne m'a-t-il pas puni ou dit quelque chose pour me faire sentir mal? Ça aurait été bien plus facile que de tourner autour du pot!

Sincères salutations.
Arthur Bean

▶▶   ▶▶   ▶▶

DEVOIR : LE DIAMANT FRANKLINA
D'Arthur Bean

Chet et Franklina étaient le couple parfait depuis la huitième année jusqu'à ce qu'ils deviennent de célèbres écrivains. Tout leur souriait. Et Chet avait hâte de se marier. Alors un soir, il fit sa demande au coucher du soleil en haut d'une falaise surplombant l'océan, près de Hollywood où ils vivaient.

Franklina était si bouleversée qu'elle se mit à hurler : «Bien sûr, que je veux t'épouser!» Les rayons du soleil faisaient miroiter l'énorme diamant de la bague de fiançailles et aveuglèrent momentanément Franklina qui perdit l'équilibre et bascula en bas de la falaise dans les eaux agitées. Le temps que Chet descende de la falaise et tire son corps de l'eau, Franklina était très, très morte.

Chet était dévasté. L'amour de sa vie était parti pour toujours. Il ne pouvait pas supporter l'idée de ne jamais la revoir. Il avait besoin de la garder avec lui, sinon comment aurait-il pu continuer à vivre?

La semaine suivante, Chet parcourut les rues d'Hollywood, le cœur lourd, à la recherche de réponses. La veille des funérailles, il passa devant une vitrine qu'il n'avait jamais vue auparavant. La boutique se tenait pourtant juste à côté de son très grand appartement-terrasse. Chet n'en revenait pas de ne jamais l'avoir repérée avant, surtout qu'elle donnait l'impression d'avoir été installée là, avant même la création de la Californie. Sur la fenêtre décatie était accroché un panneau sur lequel était écrit :

L'Amour de votre vie est mort?
Gardez-le avec vous pour toujours.
Demandez-nous comment!

Bien sûr, Chet entra.

Dès qu'il franchit le seuil de la boutique, la vieille dame derrière le comptoir l'interpella :

– Bonjour, Chet.

Il sursauta.

– Comment connaissez-vous mon prénom?

– C'est écrit sur ta manche.

Chet avait oublié qu'il portait sa veste de football de son ancienne école.

– Mais je sens ton chagrin. Laisse-moi t'aider, poursuivit la vieille dame.

Chet s'assit.

– Ce chagrin, il est trop grand. Tu as besoin de cette fille. Tu as besoin d'elle pour toujours.

Chet hocha la tête. Incapable de parler sans se mettre à pleurer.

– Je peux t'aider à la garder avec toi, si tu le désires.

– Comme un zombie? demanda Chet dans un sanglot.

– Non. Mais je peux faire d'elle un diamant.

Chet lui lança un regard d'incompréhension.

La vieille dame semblait savoir parfaitement ce qu'il pensait.

– Je prendrai son corps et je le compresserai. Je sais comment transformer des restes humains en carbone le plus dur du monde. Ensuite je placerai ce diamant sur une bague qui donnera l'impression que tu as remporté le Super Bowl. Et comme ça, ton amie sera avec toi pour toujours. Vous serez à jamais connectés.

Chet réfléchit à ce qu'elle venait de lui dire.

– Je suis riche et célèbre, mais ce que vous me proposez me paraît valoir très cher. Combien cela me coûtera-t-il?

– Rien, gloussa la vieille dame.

Avant de marmonner pour elle-même :

– Pour le moment.

Mais Chet n'entendit pas la fin de la phrase. Il était trop occupé à penser que c'était le meilleur moyen de conserver Franklina auprès de lui, tous les jours, à jamais.

– D'accord, dit-il.

La vieille dame ricana à nouveau.

– Je savais que tu accepterais. Laisse-moi faire. Reviens dans une semaine et tu auras ton diamant Franklina.

La semaine lui sembla durer une éternité. Chet obtint enfin son diamant, il était superbe. La bague ressemblait vraiment à celle offerte à tous les joueurs de l'équipe gagnante du Super

Bowl. Et avec la bonne lumière, Chet était
certain que le diamant avait exactement le même
éclat que le regard de Franklina. C'était parfait. Il
remercia la dame avec effusion. Elle se contenta
de glousser, et dit :

— Je ne me remercierais pas, mon garçon, si
j'étais toi. Même pas un petit peu...

Chet trouva cette remarque bizarre, mais il
s'en alla, le diamant Franklina au doigt.

Il se sentit immédiatement plus léger. Alors
qu'il déambulait dans la rue, il avait la nette
impression que Franklina lui tenait la main.

Mais un jour qu'il errait dans un grand
magasin, sans prévenir, sa main attrapa une
bouteille de parfum et la glissa dans son
manteau. Il essaya de sortir la bouteille de
sa poche, mais sa main l'en empêcha. Chet
s'empressa de quitter le magasin, le flacon sur lui.
L'odeur lui était familière... C'était le parfum que
portait Franklina.

Le lendemain, l'incident se reproduisit. Sa
main s'empara de quelque chose d'autre pour le
voler et Chet fut incapable de l'en empêcher. Et
cela recommença encore et encore. Chet jeta un
regard à sa nouvelle bague. L'éclat du diamant lui
parut malicieux, voire... maléfique.

— Arrête, murmura-t-il à sa bague. Arrête tout
de suite ce que tu fais.

Et aussitôt, sa propre main le gifla
violemment au visage. Les gens dans la rue
s'arrêtèrent et le dévisagèrent. Chet continua son
chemin.

Puis cela empira. En l'espace de quelques
jours, Chet ne pouvait plus sortir de chez lui
sans que sa main ne chaparde ou ne pousse à la
renverse des femmes âgées. Il était au bout du
rouleau.

— Franklina, je sais qu'être un diamant te
met en colère. Mais tu sais combien je t'aime! Je
n'en peux plus! Il essaya de retirer sa bague, mais

c'était impossible. Rien ne lui permettait de s'en débarrasser.

Le jour d'après, il se rendit chez la vieille dame. Mais à l'endroit où se tenait la boutique auparavant se trouvait désormais un terrain vague. Il n'y avait aucun signe de sa propriétaire. C'était peut-être son imagination, mais Chet crut entendre la bague glousser.

Après une autre journée de vol à l'étalage et de femmes âgées poussées à terre, Chet s'assit dans sa cuisine, tenant un couteau de boucher au-dessus de sa bague Super Bowl. Il avait tout essayé et il savait que c'était sa dernière option. Il abaissa le couteau…

Le lendemain matin, il se réveilla, une douleur sourde dans la main gauche. Il jeta un regard à l'endroit où se trouvait son doigt portant la bague. À la place, il n'y avait que souffrance et compresses, désormais. Il ébaucha un sourire triste. Il n'avait jamais pensé qu'un jour il aurait envie de se débarrasser de Franklina, mais après tout, il était peut-être mieux tout seul. Chet se tourna vers la fenêtre et, ce faisant, un éclat lumineux accrocha la lumière. Le même que celui qui avait tué l'amour de sa vie.

Il baissa les yeux et aperçut le diamant Franklina à son autre main.

Arthur,

Je suis enchantée de constater que ta maîtrise de l'écriture a progressé au cours de l'année. Tu as réussi à incorporer divers éléments de narration dans ton récit. «Le diamant Franklina» est captivant. Cependant, son contenu est particulièrement sombre. Je ne sais pas dans quelle mesure ton texte répond aux contraintes du dernier devoir de l'année. Quels sont l'émotion

et l'événement de ta vie que tu as essayé
d'intégrer dans cette histoire?

Mme Whitehead

Mme Whitehead,

Pour tout dire, cette histoire est très
proche de ma vie. J'ai aimé et j'ai perdu. En
plus, le week-end dernier j'ai failli me couper
un doigt avec une hache. N'allez pas croire
que vous connaissez tout de moi. J'ai de
multiples talents.

Arthur Bean

▶▶ ▶▶ ▶▶

17 juin

Cher JL,

J'ai croisé Kennedy aujourd'hui au centre
commercial, et nous avons pris le temps de
discuter. C'était génial. Je pense qu'elle a compris
qu'elle est trop dure en ce qui concerne Robbie.
Elle est tellement plus agréable sans Catie. Elle
avait l'air un peu triste que je parte au camp de
vacances tout l'été alors que ses parents restent en
ville une partie de juillet. Peut-être que je pourrais
prendre un ou deux jours et rentrer passer du
temps avec elle.

C'est drôle, en fait. Je n'ai aucune nouvelle
d'Anila. Je me disais qu'elle n'arrêterait pas
de m'appeler à nouveau, mais elle ne m'a pas

téléphoné une seule fois. Je l'ai contactée pour la remercier de m'avoir aidé, et elle était gentille, mais sinon, rien. Je me demande si elle feint l'indifférence pour que je n'aie pas l'impression qu'elle m'aime encore. J'espère que notre passé amoureux ne rendra pas les choses compliquées pendant cet été!

Sincères salutations.
Arthur Bean

▶▶ ▶▶ ▶▶

Allô, Artie,

J'espère que tu es disponible pour venir dans ma classe pendant l'heure du dîner. Je souhaiterais discuter avec toi et Kennedy d'une opportunité qui se présente dans l'équipe du Marathon pour l'année prochaine.

Ciao!
M. E.

De : Kennedy Laurel <tropmimikl@hotmail.com>
À : Arthur Bean <arthuraaronbean@gmail.com>
Envoyé le : 18 juin, 20:40

Salut Arthur!

Je voulais M'ASSURER que ça ne te dérangeait vraiment pas qu'on soit tous les deux corédacteurs du Marathon, l'année prochaine! Je comprends PARFAITEMENT que tu veuilles te désister parce que tu aurais à travailler avec moi. En plus, j'imagine que tu es au courant que j'ai un nouveau petit copain, et je ne veux pas que cela crée un malaise entre nous. J'ai déjà demandé à Catie si elle était d'accord pour être notre journaliste chargée de la mode l'année prochaine. J'ai un million de super idées, alors j'espère que tu es prêt! AUSSI, j'ai vu ton petit film de zombies! Mme Ireland l'a montré à la classe! C'était GÉNIAL! Toi et Von avez fait un SACRÉ boulot! Je pouvais tout à fait retrouver ton sens de l'humour! C'était HILARANT!

Kennedy ☺

De : Arthur Bean <arthuraaronbean@gmail.com>
À : Kennedy Laurel <tropmimikl@hotmail.com>
Envoyé le : 18 juin, 21:17

Chère Kennedy,

Je suis ravi que notre film t'ait plu. Comme Von a pris le contrôle et massacré ma vision du film, je n'ai pas été très impliqué dans la tournure définitive que ce dernier a prise. Nous aussi, nous l'avons vu en cours d'anglais et c'est vrai qu'au final, c'était plutôt réussi. Ce n'était pas censé être aussi drôle, mais j'imagine que ce genre de choses se produit souvent.
De toute façon nous n'avions pas la même vision artistique du film, Von et moi. Je pense que je suis plutôt du genre théâtre, en direct. Le cinéma, c'est pour les gens incapables d'improviser.
À mon avis, le journal va être excellent l'année prochaine. J'ai déjà demandé à Robbie de s'occuper de la direction artistique, alors lui et Catie auront à travailler ensemble. Il n'a pas encore dit oui, mais je suis certain que nous sommes tous suffisamment professionnels pour nous entendre.

Sincères salutations.
Arthur Bean

18 juin,

Cher JL,

Bon, je sais quelle est la première décision
que je prendrai l'année prochaine en tant que
rédacteur du Marathon : renvoyer Catie. Et comme
si ça m'intéressait de savoir que Kennedy avait un
petit ami. De toute façon, elle ne sort jamais très
longtemps avec un garçon! Je n'ai pratiquement
pas pensé à elle ce mois-ci. Aucune info, ces
derniers temps, sur la façon dont progresse la
demande de garde de la mère de Robbie. J'imagine
que le divorce est définitif et d'après Robbie,
sa mère déménage à Lethbridge sans son petit
ami, de façon à se rapprocher de lui et Caleb.
Apparemment, Caleb est certain d'aller habiter
là-bas, mais Robbie ne sait pas encore ce qu'il va
faire. J'ai tout l'été pour le convaincre de rester ici.
Souhaite-moi bonne chance!

Sincères salutations.
Arthur Bean

▶▶ ▶▶ ▶▶

DEVOIR : L'EXPRESSION DE NOTRE GRATITUDE : SE REMERCIER SOI-MÊME

Le devoir d'anglais sur « L'expression de notre gratitude », ainsi
que les autres devoirs au cours de l'année avaient pour but
de vous amener à réfléchir sur ce qui vous définit. Mais les
éléments *extérieurs* ne sont pas les seuls à vous influencer.
Rédigez un court paragraphe sur toutes les grandes choses que
vous avez accomplies cette année. Il est important d'être bon
envers autrui, mais également envers nous-mêmes!

À rendre le 20 juin

▶▶ ▶▶ ▶▶

DEVOIR : MERCI À... TOI-MÊME

D'Arthur Bean

Cher Arthur,

Tu es un gars formidable, mais tu devrais déjà être au courant. Tu n'as pas tué Pickles par accident, et tu n'as pas non plus volontairement tué Von, même si tu en a eu souvent envie. Tu as rendu deux filles amoureuses de ta personne, et même si tu es célibataire aujourd'hui, gare à toi! Les femmes te courront après, un jour! Je pense que ton histoire du diamant Franklina démontrait une certaine audace et un jour tu seras un auteur célèbre. Je parie que tu vas écrire le prochain *Star Wars,* enfin pas forcément, puisque quelqu'un s'en charge déjà. Tu es un sacré gars!

Arthur,

On dirait que cette année fut riche en sensations fortes, aussi bien au niveau personnel que créatif. J'espère que tu continueras d'écrire suffisamment pour devenir célèbre. Tu as le talent, l'imagination et manifestement, la motivation pour réussir. Je suis impatiente de voir ce que t'apportera ta neuvième année, en espérant que tu comprendras mieux ce qu'est une échéance!

Mme Whitehead

BULLETIN DE FIN D'ANNÉE

Arthur a réalisé du bon travail cette année en classe. Son humour et son point de vue unique se manifestent clairement dans son écriture. Son sens du récit ainsi que son esprit critique se sont développés. Les initiatives extracurriculaires d'Arthur l'ont parfois empêché de rendre ses devoirs dans les temps. Sa passion pour l'écriture est merveilleuse, mais il est important qu'il sache clairement donner la priorité à son travail.

Mme Whitehead

Paragraphe de présentation	Achevé
Description et représentation	86 %
Se servir du symbolisme	71 %
L'expression de notre gratitude : lettre à un vétéran	74 %
Imaginer un décor efficace	84 %
Texte persuasif	78 %
Introduction et intention première	80 %-5 % = 75 %
L'expression de notre gratitude : lettre à un être aimé	61 %- 5% = 56 %
Juger un livre à sa couverture	77 %
Tweetez votre critique de livre!	80 %
Étude personnelle d'un roman	70 %-5 % = 65 %
Dilemme et suspense	63 %-5 % = 58 %
Devoir principal : l'émotion comme source d'inspiration	85 %
L'expression de notre gratitude : se remercier soi-même!	Achevé

POUR INFORMATION : les devoirs rendus en retard subissent une minoration de 5 %.

Merci à Sandy Bogart Johnston, Simon Kwan,
Aldo Fierro et Erin Haggett, ainsi qu'au reste de
l'équipe formidable et merveilleuse de Scholastic :
il serait impossible de trouver une meilleure maison
pour Arthur.

Merci à Dorothea Wilson-Scorgie et Bill Radford, et
aussi au gang des « Jeteurs d'encre » : Kallie George,
Shannon Ozirny, Tanya Lloyd Kyi, Lori Sherritt-
Fleming et Maryn Quarless pour leurs commentaires
éclairés et leur soutien. Merci à Paul Battin pour une
descente pluvieuse en canot de la rivière Yukon (tu
aurais dû apporter un manteau avec toi), et à Jennifer
Macleod et Sarah Maitland pour leurs idées d'histoire
de « carbone sous pression » pendant qu'on dégustait
des frites au café.

Et bien sûr, merci à toute ma famille, d'être non
seulement formidable, mais aussi d'avoir participé
grandement à la commercialisation de mon premier
roman, s'assurant que toutes les personnes dont
nous avions un jour fait la connaissance achètent au
moins trois exemplaires. (À ce propos, merci à toutes
les personnes qui ont acheté trois exemplaires des
premières aventures d'Arthur.) Robert, Diane, Curtiss,
Andrew, Chelsey : nous sommes la meilleure famille
que j'aie jamais rencontrée.

Au sujet de l'auteure

Stacey Matson a été responsable des guides au Parlement du Canada à Ottawa, danseuse du ventre, cariste, fée de goûter d'anniversaire, vendeuse de sapins de Noël, auteure de pièces de théâtre, tout en poursuivant ses études en littérature jeunesse à l'Université de Colombie-Britannique. Elle a toujours rêvé d'écrire et c'est le roman rédigé pour sa thèse qui a donné naissance à l'histoire d'Arthur. Elle vit à Vancouver. Après *Ma vie de (grand et parfait) génie incompris*, *Scènes épiques de ma vie de génie incompris* est le deuxième tome d'une trilogie en cours.

Éloges pour *Ma vie de (grand et parfait) génie incompris*

« À la fois drôle, flagrant, réfléchi, informatif, ce roman s'adresse à tout le monde et ses lecteurs n'oublieront pas de sitôt la voix d'Arthur. »
– *CM : Canadian Review Materials*

Ne manquez pas les nouveaux défis qui attendent Arthur en neuvième année à titre de coéditeur du *Marathon*. Il aura plus de pouvoir qu'il ne peut assumer… sans compter qu'il mettra le bal en danger. Chaos et plaisir seront au rendez-vous avec Arthur A. Bean, Robbie Zack, Kennedy Laurel et Von Ipo.

À l'intention de Mme Whitehead,

Ceci est un contrat entre Arthur Bean et lui-même concernant le cours d'anglais. Ses objectifs pour la neuvième année sont énoncés ci-dessous. S'il ne les atteint pas, la punition la plus appropriée est la mort (ou peut-être un triple f).

1. Je terminerai l'écriture d'un roman. Il devra contenir au moins 100 000 mots.

2. Je m'appliquerai à rédiger le plus de devoirs en vers possible, ceci afin de m'entraîner à faire des rimes.

3. Je remettrai tous mes devoirs à temps et ils porteront tous mon nom.